KB157845

한국 희곡 명작선 155

작가판타지서사
작가노트, 사라져가는 잔상들
Writer's Note, Disappearing Afterimages

한국 희곡 명작선 155

− 작가판타지서사 −

작가노트, 사라져가는 잔상들

Writer's Note,
Disappearing Afterimages

한민규

평민사

안민규

작가노트, 사라져가는 진상들

등장인물

작가 : 등단 15년차 작가. 20대부터, '10년간 극단 작업'을 하며, 교수직도 7년 겸했다. 그러던 어느 날, 극단 해산을 하고 교수직도 사퇴하고 프리랜서로 살아가고 있다. 프리랜서로 살아가며 다양한 창작작업을 하며, 창작자로서 신뢰도가 생기고 있는 작가. 하지만 그에 비해 무언가에 홀린 듯, 쫓기는 듯 점점 조급해지고 있다. (44세, 남)

소녀 : 작가의 '작가노트'의 인물 중 하나. 그러나 자신도 본인이 누구인지 몰라, 끊임없이 찾아 나서고 있는 인물.

남자배우1(규민) : 작가와 연극작업 초기 극단 동료 : 세월의 풍파를 맞아도, 세상이 무너져도, 오로지 무대만, 오로지 연극만 추구하는, 무대 깡다구 하나로만 버텨온 배우. 연기에 대한 신념이 지독하다. 하지만 그에 비해 인지도는 별로 없는… 배우. 그러나 인지도 따위는 신경 쓰지 않는 남자. / 별명: 연극깡패. (40세, 남)

여자배우1(미희) : 작가와 연극작업 초기 극단 동료 : 무대와 방송을 교차해나가면서 부지런히 활동해나가고 있는 배우. 하지만 최근 방송에 점점 익숙해지고 있어 연극작업은 잘 못 하고 있다. 그래서 '무대에 대한 열망' 역시 점점 강해지고 있지만, 티를 내진 않는 배우. 단, 술만 마시면 '연극열망'을 강하게 표출한다. / 별명: 주당 (38세, 여)

남자배우2(병우) : 공연계에 잔뼈가 굵은 배우이자 마당발. 연극 작업중 무엇보다 '소통'을 중시하는 배우. 작가가 데뷔초기 시절, 햄릿을 '고려시대뷔전'으로 각색한 작품에서 '클로디어스'역이 극단 내에 없어 용기 내서 러브콜하여, 인연을 맺게 된 배우. (50세, 남)

여자배우2(성연) : 작가가 20대 초반 입봉 작품으로 인연을 맺게 된 선배. 연극이면 연극, 방송이면 방송, 광고면 광고, 홈쇼핑이면 홈쇼핑, 연기예술에 관련된 모든 것들을 해나가는 생활력이 엄청난 배우. 청춘 배역을 아직까지도 도맡아 해서 '동안배역 전문 배우'라는 소문이 나돌고 있다. (51세, 여)

남자배우3(민혁) : 작가의 교수시절 첫 제자. 연기전공이지만, 작가의 오퍼레이팅, 조연출, 다양한 스태프를 맡으며 배우로 올라왔다. 매사 모든 상황에서도 묵묵히 버티는 진중한 성격. '연기'를 학문으로도 접근하는 등, '연기예술학'의 공부 역시 투철하다. 그래서 그런지 '노역'을 학부 때부터 많이 해왔다. 학생들 중 노역의 호흡을 소화했던 유일한 사람. (32세, 남)

여자배우3(수아) : 작가의 교수시절 마지막 제자. 첫째도 성실, 둘째도 성실, 성실이 재능인 사람. 언제나 학교에서는 연기과목 외에 '수석, 수석, 수석'을 도맡아왔지만, 현장에서는 '단역'만을 해왔다. 하지만, 대사 한 줄의 단역이어도 '수석 정신'으로 해내는 열정적인 영혼의 소

유자. '아역, 어린아이역'에 특화된 배우. 빨간잠바소녀 역 外 (28세, 여)

남자배우4(정문) : 2014년, 작가와 〈타임리프〉 작품을 하며 인연을 맺게 된 배우. 에너지 넘치는 연기와 더불어 행동이 빠릿빠릿하고 늘 열정이 가득하다. 남자배우1(규민)을 롤모델로 삼는 인물. 〈타임리프〉의 말도 안 되는 무대전환을 말이 되게 했었다. (35세, 남)

남자배우5(승호) : 2014년, 작가와 〈타임리프〉 작품을 하며 인연을 맺게 된 배우. 당시 주인공의 적대자로 나왔다. 정문과는 의형제를 맺은 만큼 친하다. 〈타임리프〉의 말도 안 되는 무대전환을 말이 되게 했었다. (36세, 남)

피디(PD) : 공연계에 명망 두터운 두란문화재단 공연PD. 부장. (40세, 남) 미학사, 예술경영학 석사 출신.

의사 : 심안대학병원 이비인후과 전문의 (40세, 남)

연출(우영) : 작가와 동갑내기 친구이자, 작가와 오랜 시간 같이 작업한 8년차 연출. 작가의 최근 히트작들을 연출했다. 37세의 나이에 입봉이 늦었지만, 입봉까지의 시간이 길었던 만큼, 뚝심 있는 내공으로 공연계에서 인지도 역시 생긴 연출. 그러나, 작가와의 첫 만남 때는 자신이 작가의 작품을 연출하고 싶다고 사정사정 부탁하여 〈타임리프〉 연출을 했었다. (44세, 남)

아버지 : 무릉도원 소녀의 아버지, 무릉도원에서 내려오는 무릉도원의 광대굿 계승자. 평생 '예술혼'을 불태우며 광대굿을 지켜온 예술인이자 무당. (55세, 남)

허씨 : 무릉도원의 문화콘텐츠 담당 연구원, 행사 연출도 겸한다. (52세, 남)

담당선생 : 청소년문학콘서트 정독잼독의 총연출. 청소년베스트셀러 소설을 청소년들에게 문학콘서트로 소개하는 작업을 하고 있다. (51세, 남)

여학생 : 작가의 〈타임리프〉 공연을 봤던 여고생. (18세, 여)

조연출(나리) : 〈작가노트, 사라져가는 잔상들〉의 조연출. 2014년 〈타임리프〉 때 21세의 나이로, 조연출을 하며, 엄청나게 성실하여, 기존배우의 펑크로 극중 주조연인 장미연 역할까지 따냈다. (29세, 여)

무릉도원소녀 : 무릉도원의 '소녀'. 무릉도원 밖을 나가본 적 없는 소녀. 그리고 무릉도원에서 유일하게 신내림을 받은 무녀 (18세, 여)

외 광대들, 그리고 빨간잠바소녀 영혼 역 인부들 등

때

현재(2022년)

일러두기

무대는 전체적으로 작가의 내면세계와 현실 세계를 중심으로 한 무대다. 현실세계의 주무대는 무대, 연습실, 집필실, 회의실 등의 작가가 등장하는 현실 공간이다. 또한, 본 작품은 1인칭 주인공 시점의 희곡이다. 따라서 작가가 극중극을 집필하는 시각을 중점으로 공간 역시도 자유롭게 변형 확장되는 열린 무대 형식을 갖는다.

서장. 관이 열리는 막

무대 위의 어느 공간.

책상 앞에서 노트에 글을 쓰는 작가.

작가 인생을 썼다.

한평생 인생을 연극에다 썼다.

연극 같은 인생을 살아야 하는데 인생을 연극을 모시며 살았다.

비 오나 눈이 오나

땀 흘리고 눈물 흘러 발가락에 붉은 피까지 새어나와도

친구를 만나고 연인을 만나고

어느덧 피부가 주글주글 쪼그라진 할머니가 된 어머니를 만나도

삐뽀삐뽀 울려대는 응급차를 만나도

무대에 조명이 올라오면 연극을 만났다.

연극 같은 인생을 살았어야 했는데
인생을 연극을 모시며 살았다
끼이이이이이익,
관이 열리는 소리가 들린다….

'끼이이이이이익' 관이 열리면
백색의 섬광 무대 위에 살며시 올라오며

1장. 뛰는 소녀

2017년.
무대 깜빡이며 천천히 밝아진다.
깜빡이는 불빛은 등대 같기도 하며, 가로등 같기도 하다.
저 멀리 뱃고동 소리가 들린다.
어디론가 정신없이 뛰어나가는 소녀,
빗소리가 들리고, 파도 소리가 들려도
아랑곳하지 않고 뛴다.

소녀가 뛰는 곳 외의
무대 어느 공간 밝아지면, 깊은 산골의 공방
무언가에 홀린 듯 탈을 만들고 있는 50대 중반의 소녀의 아버지.
그 어떤 세상 어떤 풍파에도 흔들리지 않을 듯한, 아버지의 모습

마치 예술에 홀려있는 눈빛이다.

소녀, 그 모습을 잊으려는 듯 더 정신없이 뛴다.

그러나
자신이 만든 탈을 써서 춤사위를 펼치는 아버지.
아버지 주위로 모여 굿을 하듯, 악을 치는 광대들.

소녀, 그 모습을 잊으려는 듯 더, 더 정신없이 뛴다.

소녀의 뜀이 절정에 이르자,
등대인지, 가로등 불빛인지 계속 껌뻑껌뻑거리고
아버지가 있는 공간은 어두워진다.
어느새 무대 위에 소녀가 있는 공간만이 비춰진다.
공허 속에 소녀의 뜀소리만이 울려 퍼지다가, 소녀의 뜀이 최고조
에 이르자
소녀, 무언가를 발견한 듯, 목적지에 도착한 듯한 미소를 짓는다.
해방된 듯한 미소를. 그리고 어딘가 슬픈 듯한 미소를.

소녀   이제… 이제! 시작이야!

소녀, 자신이 입고 있던 겉옷을 벗어 던진다.
무대 어두워지며 파도소리가 공허를 가득 채운다.

2장. 인터뷰

2022년, 스튜디오
PD, 작가 인터뷰심사가 진행중이다.

작가   제목 '뛰는 소녀'. 다음 장면은요, 바로 5년 후의 장면이에
       요. 이 아이가 바랬던 대로 시골의 모습을 다 벗어던지고,
       도심에서 평범한 샐러리맨이 되어있습니다. 그리고 이 다
       음은, 과거의 라디오 소리가 들리면서 새로운 이야기가
       전개돼요. 어떤가요?

PD   또요? 그것도 이것과 같은 작품인가요?

작가   네, 당연히 같은 작품이죠.

PD   에피소드들이 다 너무 다른데요. 혹시 장르가?

작가   드라마요.

PD   아, 그렇죠? 방송을 염두에 두고 쓴 거죠?

작가   아, 아니, 장르가 드라마고 희곡이요.

PD   아, 연극이요?

작가   네, 연극이요….

       PD, 갸우뚱하자

작가   이번엔 조금 새로운 방법으로 접근해봤어요. 글을 쓰고
       싶은데, 잔상만 떠오를 때 있잖아요, 지금까지는 그 잔상

을 구체화시키는 작업에만 집중했거든요. 근데 갑자기 이런 생각이 들었어요. '잔상은 잔상만의 더 중요한 가치가 있지 않을까' 하는 생각이요. 그래서 방법을 좀 바꿔봤죠.

PD 일종의 슬럼프를 극복하는 방법인가요?

작가 반역,

PD 네?

작가 한 번 제가 배웠던 것을 반역해보자는 생각으로 새롭게 글을 써봤어요. 아직은 이야기가 안 된 '잔상'들을 모두 모아 하나의 작품으로 만든다는 생각을 했죠. 연결이 안 돼도 상관없어요. 보는 사람들이 연결을 시킬 거라고 생각해요.

PD … 그게 연결이 된다고요? 아예 이야기가 다른데요?

작가 그럼요.

PD 어떻게요?

작가 작가가 바로 저, 한 명이니까요. 그러니까 분명히 연결되어서 새로운 형식이 나올 거라고 생각해요.

PD 알겠습니다… 좋은 말씀 잘 들었습니다. 근데 아무래도 저희는 이번에 같이 하기는 힘들 듯합니다.

작가 네? 지금까지 이렇게 반년간 개발했는데요.

PD 저희가 작가님에게 기대하는 부분과 작가님이 생각하고 있는 부분이 아무래도 다른 것 같아서요. 저희도 조금 더 고민해보자 해서 오늘까지 온 거거든요. 그래도 작품 잘 되기를 열렬히 응원합니다. 그동안 고생 많았어요.

작가   네? 아… 알겠습니다. 그동안 감사했습니다.

작가, 한숨을 쉬며 노트와 가방을 챙기고 밖으로 나간다.
PD 퇴장.

3장. 만남

밤, 거리.
작가, 자신이 쓰던 노트를 가방에 넣지도 못하고 손에 쥔 채로

작가   엉뚱하다고 생각했을지도 모른다. 잔상을 엮는다는 것이.
근데 지금껏 해왔던 것에 대한 반역을 하고 싶었다. 아니,
해야만 했다. (사이) 하아… 이게 정말 작품이 안 될 거라
생각하나?

작가, 노트를 펴본다.
골똘히 노트의 내용을 보는 작가.
이때, 떨어지는 빗소리.

작가   (핸드폰으로 달력을 보며) 시간이 없는데.

그러던 이때, 아까 작가의 작품에 나왔던 '소녀'가 작가 앞에 나타

난다.

소녀   잔상.

작가   그래… 잔상.

작가, 소녀를 보자 어디서 본 것 같은 인물임에 놀라며
자신의 작가노트를 흠칫 살펴본다.

작가   (기겁하듯 놀라며) 말도 안 돼,

그러자 이 믿을 수 없는 광경에 놀라서 도망가는 작가.

무대 전환되면, 작가, 자신의 집필실에 허겁지겁 도착한다.
그런데, 조금 전에 봤던 소녀가 이미 도착해 있다.
이 상황을 보자 온몸이 얼어붙는 작가.

소녀   드디어 찾았네….

작가   (작가, '이게 진짜 말이 돼?'라는 믿을 수 없는 표정) ….

소녀   그러니까 배역은 함부로 쓰면 안 되죠. 영혼이 깃드는 일
인데 함부로 쓰다간 배역에게 먹혀버려요.

사이.

소녀	왜 날 썼어요?
작가	….
소녀	난 누군가요?
작가	….
소녀	쓸 거면, 끝까지 책임을 져야지 왜 대충 만들고 말아요? 당신 때문에, 내가 누군지 나도 모르겠잖아요. 난 누구예요?
작가	… 배역?
소녀	배역은 껍데기고, 껍데기의 주인이 누구냐고요?
작가	그걸 내가 어떻게 알아? 여기저기서 영감을 받았겠지.
소녀	아닌데요, 당신이 날 불렀기에, 내가 껍데기 속에 들어온 거거든요. 다시 한 번 물을게요. 난 누구예요?
작가	네가 들어왔다고? 배역에?
소녀	네. 당신이 날 써서.

이 말도 안 되는 현상을 보다가 잠시 무언가가 생각난 듯,

작가	설마… 말도 안 돼,
소녀	난 누군가요?
작가	….
소녀	말해주세요, 당신이 말해주지 않으면, 제가 사라진다고요. 어떻게 왔는데.
작가	… 뭐? 사라진다고?
소녀	소재로만 사용하려고 했던 건가요?

| 작가 | 잔상, 잔상 속 소녀. |
| 소녀 | 그럼 난 당신의 어떤 잔상 속의 인물인가요? |

작가, 기억을 찾아가듯 기억 속으로 걸음을 내딛자

4장. 소녀의 잔상

'아리랑'노래 들려나오며
작가의 5년 전(2017년) 과거가 펼쳐진다.
'아리랑. 아라리요. 아리랑. 고개고개로 나를 넘겨주게.'

작가	여기야. 5년 전. 무릉도원이라고 불리는 곳.
소녀	여기요?
작가	그래,

이때, 작가한테 누군가 달려오는 남자 허 씨.

허씨	한 작가!
작가	네, 안녕하세요.
허씨	여기 있으믄 어뜩해. 빨리 막걸리 한 사발 잡숴야지.
작가	작품 얘기는… 요?
허씨	작품을 쓰기 위해 막걸리를 마셔야 하는 거야. (사이) 여기

막걸리 한 상 부탁해요!

막걸리상이 준비되는 사이.

작가   (소녀에게) 여기서 지역 축제공연용으로 문화콘텐츠를 만든
다고 해서 전통과 설화를 엮어 연극을 올리기로 했어. 내
가 작가였거든. 그래서 동서울터미널에서 버스를 다섯 시
간이나 타고 여기에 왔는데, 아이템 회의를 하기로 한 날,
하루 온종일 술만 먹은 거야.

소녀   그럼 술김에 제가 나온 건가요?

작가   에이, 그럴 리가. 아무리 그래도 그건 아니지.

허씨   여기가 평소에는 인구가 3만 명인데 오늘처럼 5일장만
되면 6만 명이 돼. 인구수가 두 배로 붙어. 그리고 축제 때
는 20만 명이나 돼. 그만큼 몰린다는 거야. 인구수의 6배
이상으로. 그러니까 한 작가가 어떤 각오로 써야 되는지
알겠지?

소녀   이런 말들을 계속 들은 거예요?

작가   음, 한 두 시간 정도. 근데 뭐 그렇게 싫진 않았어. 이분이
이래봬도 나름 위트가 있으셨거든. 또, 내가 갔던 이곳이
5일장의 중심이 되는 곳이라, 신세계였어.

소녀   신세계요? 어떤?

작가   다른 것보다도 여기에 있는 사람들은 모두 아리랑을 부르
고 있는 거야, 탈춤 같은 것도 다들 너무도 자유롭게 추고.

또 이 지역에는 5층 이상의 건물이 보이지 않았어. 엄청나게 높은 산들과 계곡, 말 그대로 그냥 대자연에 있는 마을이었거든.

허씨   여기가 무릉도원이야. 고려시대 때는 이름 있는 것들이 다 이곳에서 몸을 숨겼다고. 그래서 소재는 떠올라?

작가   우선은 제가 지금까지는 문헌고찰중심으로 연구했고요. 여기서 이 지역의 아리랑과 하나 될 수 있는 소재들을 약 여섯 개 찾아봤어요. 하나는요, 제가 또 마침 고려시대 무협을 좋아해서요,

허씨   무협?

작가의 상상 속의 공간 열리면,
마치 용처럼 무대 위로 날아오르며 교차하는
고려시대의 무신 두 명.(남자배우4, 남자배우5)

남자배우5   (무신) 시간을 베는 칼. 무신. 김통정이외다.
남자배우4   (검황) 바다를 가르는 칼. 검황. 유경이오.

작가의 상상 속에서
둘이 딱 붙으려던 찰나, 저 멀리서 들리는 비명.
사라지는 남자배우4,5.

다시 현재.

이때, 어디선가 울면서 뛰어오는 열여덟 살 정도의 무릉도원소녀
그리고 뒤따라오는 아버지, 50대 후반 정도로 보인다.
그 아버지는 한 손에는 '탈'을 들고 있다.

아버지   자꾸 이러면 진짜 혼나. 선생님들 기다리고 있는 거 안 보여?

무릉도원소녀   나 진짜 하기 싫다고.

아버지   하기 싫다고 안 할 수 있는 일이 아냐.

무릉도원소녀 나 안 가. 절대로. 제발.

무릉도원소녀, 마을 사람들에게 손짓하지만 모두 시선을 회피한다.

아버지   이건, 신내림이야.

무릉도원소녀, 의지가 꺾인 듯 풀이 죽는다.
아버지, 소녀(18세)를 데리고 간다.

그러나 아무도 말리는 사람이 없자 작가가 나서려 하는 찰나.

작가   저, 저기요.

허씨   내버려 둬.

작가   네? 아무리 그래도 너무 심한 것 같지 않아요?

허씨   어쩔 수 없어.

작가	뭐가 어쩔 수 없는데요,
허씨	저 아이가 이 마을 무녀야.
작가	그게 그렇게 중요해요? 저렇게 울고불고 난리인데.

허씨, 답답한 듯 한 잔을 마신다.
아버지와 여자아이 퇴장.

작가, 말리지도 못한 자신의 행동에 그냥 한숨을 푸우 내쉰다.
또 한 번의 술 마시는 시간의 경과가 펼쳐지고

허씨	저 딸애비가 딸이 신내림까지 받았다고 해서 얼마나 좋아했는데, 일제강점기때 없어질 뻔했던 것을 저 가족이 할애비 때부터 계속 계승하고 있는데, 더 이상 계승할 사람이 없는 거야. 마을에도 죄다 노인들이고. 근데 마침 딸이 신내림을 받은 거야, 지금은 그 '대'를 잇게 하는 거라고.
작가	(소녀에게) 생각해보니 그 마을에 10대 아이들을 본 적이 없었어. 아니, 젊은 사람을 거의 보지 못했던 것 같더라고. 굉장히 전통이 강한 마을이었는데,
허씨	다 도시로 올라가려고 발악을 했으니까.
소녀	제가, 저 아이인가요?
작가	글쎄⋯.
소녀	그럼 저 아이가 제 역의 모델이 어느 정도는 된 거죠?
작가	⋯ 어.

소녀 저 아이는 어떻게 되었나요?

작가 몰라도 돼.

소녀 당신이 쓴 것처럼 저 마을을 나왔나요?

작가 ….

소녀, 더 물으려고 하는 순간,

작가 노트를 덮는다.

그러자 과거의 사람들 모두 다 퇴장하고,

소녀도 더 이상 말을 하지 못하고 퇴장한다.

작가 … 내가 이걸 왜 쓰겠니.

5장. 두 번째 잔상

어느 어두컴컴한 방.

묶여 있는 '빨간잠바소녀(여자배우3)'

−치지지지직− 라디오 주파수 잡히는 소리 들리면, 서서히 무대

밝아진다.

소리 1992년 9월 9일, 지난 목요일입니다. 이웃 주민의 주택에

감금되었다고 주장하는 13세 소녀가 저지른 범죄가 밝혀

져 사회에 큰 충격을 주고 있습니다.

라디오 주파수 소리와 함께 어울리듯 쇠 갈리는 소리가 들린다.

그리고 무언가를 잘 썰기 위한 목적으로 칼을 가는 어느 남자 '그(남자배우3)'

묶여 있는 '빨간잠바소녀'는 '그'의 행동을 관찰하며 달아나기 위한 기회를 엿보고 있다.

그, 칼을 다 간 듯 빨간잠바소녀에게 다가간다.

빨간잠바소녀 (겁에 질려) 저… 저기요… 제… 제발….

'그', '빨간잠바소녀'의 목을 잡으려는 순간,

'빨간잠바소녀', 결박이 풀려있던 손으로 펜을 쥔 채 남자의 눈을 찌른다.

그   으아아아악!

그 틈을 타 뛰쳐나오는 '빨간잠바소녀', '빨간잠바소녀'가 무대 전면으로 뛰쳐나오자

'땅.땅.땅' 두들기는 소리와 함께 정지되면 무대는 법정으로 전환된다.

빨간잠바소녀   저, 저는… 그렇게라도 하지 않으면….

–치지지지직– 다시 라디오 주파수 잡히는 소리 들리면,

'빨간잠바소녀', 말을 하고 있지만, 그 말은 들리지 않는다.

소리 　　30대 중반의 남성 최모 씨의 눈을 펜으로 찔러 실명케 한
　　　　13세 이양은 자신이 납치되었었다고 주장하고 있는데요.

빨간잠바소녀 　그 펜이 나의 유일한 희망이었어요. 만약 내가 그렇게
　　　　안 했다면!

　　　　무대 전면(법정)으로 나오는 '그'.

그 　　　전 단지 갈 곳 없는 소녀에게 도움을 주고 싶었을 뿐입니
　　　　다.

빨간잠바소녀 　거짓말이에요.

그 　　　전 교육자입니다. 가출한 아이를 어떻게 방관할 수 있겠
　　　　습니까. 하지만 이젠 이런 말도 하기 불편합니다. 저의 발
　　　　언으로 저 아이가 처벌을 받는다면, 지금의 발언 역시 취
　　　　소하겠습니다.

빨간잠바소녀 　죄다 거짓말이라고요!

　　　　판결의 소리 '땅,땅,땅' 들리면 라디오 '치지지직' 하는 주파수 소
　　　　리와 함께 잡히는 소리.

소리 　　　최모 씨는 가출한 이 양의 부모님을 찾아주고자 잠시 보
　　　　호하고 있었던 것으로 밝혀져 무죄로 판결되었고, 최모

씨는 자신의 눈을 실명케 한 이 양과 합의하여 원만히 해결되었습니다. 다음 뉴스입니다.

털썩 쓰러지는 **'빨간잠바소녀'**, 그리고 웃으며 퇴장하는 '그'.
시간의 경과 표현되며
빨간잠바소녀, 종이에 안절부절 일기를 적으며

빨간잠바소녀　도망가야 한다. 그 사람은 재판장에서 나갈 때 날 보고 씨익 웃으며 입모양으로 말했다. '또 보자'고. 진짜 도망가야 한다. 근데 이런 이야기를 해봐도 아버지는 허구한 날 술만 취해 계신다. 진짜 도망가야 하는데 말이다. 근데 하필, 그날 아버지가 밖에서 술을 마시고 들어오지 않았다. 무서웠다. 술 취해 있어도 되니까 집에만 있어 주지. 왜.

문 두들기는 소리 울려 퍼진다.
빨간잠바소녀, 소리만으로도 '그'라는 걸 알아채고.

빨간잠바소녀　(다급히 전화기를 잡고) 저, 저기요. 경찰아저씨죠? 빨리 와주세요. 지금 누가 밖에서 문을 막 두들겨요. 여기, 집이에요. 어디냐뇨. 여기… 집이라고요. 몰라요, 상아동. 어딘데요. 빨리. 아, 문을 따려고 하는 것 같아요. 제 이름이요? 제 이름은. 아저씨. 경찰아저씨. 진짜 빨리. 빨리 와주셔야 될 것….

이때, 문이 따진 듯 '끼이이이이이익' 열리는 소리 들린다.
빨간잠바소녀, 겁에 질린 듯 기겁하듯 문밖을 보며 얼음처럼 온몸
이 굳어진다.

이때, 작가, 무대의 어느 한 공간으로 등장하며.

작가　　여기까지.

퇴장하는 빨간잠바소녀(여자배우3)
그리고 작가, 노트를 덮는다.

다시 현재
그러자 연출, 들어온다.

연출　　야, 너무 세다. 세. 이 소녀랑 전 장의 그 소녀랑은 다른 인
　　　　물이지?
작가　　어.
연출　　근데 갑자기 대본에 왜 이런 내용이 들어오는 거야?
작가　　잔상이니까.
연출　　그니까 어떤 잔상?
작가　　아픈 사람들… 사라진 사람들.
연출　　아니, 장르가 뭐야? 왜 죄다 달라?
작가　　사람들의 삶 자체가 다 다르잖아. 누구는 멜로고, 누구는

	스릴러고 누구는 공포고 안 그래?
연출	이걸 갖고 사람들이 무슨 생각을 하기를 원해?
작가	그 아이는 그러지 않았다면 죽었을 거야, 근데, 사회는 그 아이의 말을 안 들었어. 교육자라는 그 남자의 말만 믿고, 그 남자한테 그냥 무죄를 때려 버린 거야. 그 후 어떻게 되었을 것 같아?
연출	왜 그 소녀가 죽기라도 했어?
작가	….
연출	식상해.
작가	우리 삶에서 일어나는 일들이 식상하다고 하는 건 세상이 미쳐있기 때문이야.
연출	아니, 이야깃거리를 써야지. 그럴 거면 다큐멘터리를 해. 왜 극을 쓰려고 해? 아니, 차라리 예전처럼 스토리가 중심이 된 극으로 하자, 이런 연결 안 되는 것들만 파편처럼 잔뜩 늘어놓고선 무슨 옴니버스도 아니고 부조리극 같잖아.
작가	우리 삶이 부조리인데 어떻게 조리만 갖고 사냐. 그래서 이걸로 할 거야? 말 거야?
연출	… 나 이번 공모전은 네가 예전에 썼던 것들로 도전하고 싶다. 1년에 한 번 있는 공모전이야, 그러니까….
작가	알았다, 됐다. 없던 거로 하자.

작가, 일어난다.

연출   아니, 다른 작품 하면 되잖아. 이런 거 말고.

작가   변화, 변화, 세상이 변화하고 있는데 난 좀 변화하면 안 되냐.

작가, 나가려는 찰나.

연출   이놈아. 야.

작가   왜 이놈아. 세상만 변화하냐. 너도 변했잖아. 입봉 무대 때 내 작품 하고 싶다고 부탁할 때는 언제고! 간다.

작가 퇴장.

연출   아니, 왜 갑자기 스타일을 바꿔? 특히 저 보수적인 애가. 이해를 못 하겠네.

6장. 바다의 기억

가로등 불빛 껌뻑껌뻑하면
가로등이 이어지는 어느 도심의 거리로 전환되며, 비가 내린다.
맹목적으로 도심 거리를 걷는 작가
그러다가 철거되고 있는 노란색 텐트를 발견한다.
무심코 지나치려 하는데, 갑자기 걸음을 멈추는 작가

그리고 주변을 찬찬히 둘러본다.

작가   항상 퇴근하며 봤던 길. 광화문에는 집으로 가는 버스가 오랜 시간까지 있어서 늦은 밤에는 대학로에서 광화문까지 걸어가는 게 습관이 되어버렸다. 그런데 오늘 내가 멈춰 선 것은 어느새 익숙해져 있던 것이 없어져 가는 것을 봤기 때문이다. 무언가 이상한 느낌이 들었다. 없어져도 되는 것인가, 저게 없어지면 진짜 사람들 마음속에 저 일은 없어지는 건 아닌가. 중학교 때 동네에서 일어난 '살인자에게 무죄를 때려 아이를 희생케 만든 그 끔찍한 사건'도! 이제는 기억하는 이가 거의 없듯, 다들 저마다의 일상을 살아가니까, 없어져야 일상이 흘러갈 수 있는 건가.

이때, 작가가 우산이 없는 것을 알고, 우산을 갖다 주는 '노란 우비의 소녀'.
그러자, 생각에 잠기는 작가.

작가   8년 전… 남쪽 바다에서 아픈 일이 일어났을 때… 난 그때도 공연중이었다.

갑자기 과거의 기억 속 연출 등장.
연출, 등장하자 무대는 급격하게 극장으로 전환된다.
남자배우1과 여자배우1도 등장한다.

연출 자, 자! 오늘 현우 역은 시간 이동 장면 힘 있게 부탁해요. 소녀 만나러 과거로 가야죠. 거기서 진실을 밝혀서 음악의 주인을 찾아야죠. 거기가 항상 힘이 떨어져. 자, 그럼 그 장면부터 맞춰봅시다. 준비하고.

남자배우1 네.

여자배우1 네.

작가 남쪽 바다의 그 일이 일어났을 때, 골든타임이라는 것이 온 세상의 관심이었고, 그 골든타임 안에 기적이 일어나기를 모두가 바랬다. 떠들썩하던 로봇물고기든 인양이든 뭐든, 그 골든타임 안에 할 수 있는 건 정말 없었을까… 그 배가 바다 속으로 가라앉는 것을 뉴스로 보았을 때는, 눈가에 뜨거운 눈물이 맺혔다. '기적이 일어났다면,' 내가 그 당시 공연하고 있던 작품은, '진실을 찾기 위해 과거로 가는 시간여행자의 이야기'였다. 정말 내가 그 '시간여행자'가 되어 시간을 돌릴 수만 있다면, 저 아픔들을 다 되돌릴 수 있을 텐데. (멈칫하며) 정말 그럴까….

극중극이 이어지며. 시계초침 소리가 울려 퍼진다.

남자배우1 **(타임리퍼 역)** 음악의 주인을 찾아야지! 이 음악의 주인이라고 생각했던 한은채가 자살이라는데, 정말 자살이야? 진짜 장미연이 음악의 주인이냐고? 주인이 누구야? 말해봐. 너지? 네가 한은채지?

여자배우1 (세기의 작곡가 역) 말한다고 달라지나요. 경찰도, 나라도 다 포기한 사건인데. 그냥… 포기하세요. 이 세상에선 절대 밝힐 수가 없으니까.

남자배우1 (타임리퍼) 해볼 때까지는 해봐야지.

여자배우1 (세기의 작곡가) 해볼 만큼 해봤어요. 그러면서 느낀 건, 제 주위 사람들만 다친다는 거예요. 더 이상 아무도 다치게 할 수 없어요.

남자배우1 (타임리퍼) 하지만!

여자배우1 (세기의 작곡가) 밝힐 수 있는 건 과거에서 '증거'를 가져오는 것, 그것밖에 없잖아요. 근데 아저씨… 이제는 '시간 이동' 하면 안 돼요. 그건 제가 싫어요. 시간 이동하면, 아저씨는 이 세상에서 없어져요… 완전히… 아시잖아요. 그런데도 진실을 밝힐 수 있겠어요?

남자배우1 (타임리퍼) ….

시계초침 소리가 멎으며, 괘종시계 소리 울려 퍼진다.
그러자 관리자들 등장하며

남자배우4 (관리자) 이제 시간 됐습니다. 모두 나와주십쇼!

남자배우5 (관리자) 자, 음악의 주인이 누구인지 진실을 밝혀봅시다.

장미연 등장.

| 장미연 | (조연출) 그럼 이제 이야기해볼까요? |
| 여자배우1 | (세기의 작곡가) 장미연? |

남자배우1, 급기야 시간이동을 하려고 하는 찰나.

| 여자배우1 | (세기의 작곡가) (남자배우1에게) 포기하세요. 난 괜찮으니까. |

여자배우1 퇴장하는 찰나,

작가	내가 쓴 배역이지만 저 인물은 참 말을 못 했다. 목숨을 건다는 게 그리 어려웠을까. 그런 이야기를 들은 적 있다. 자기도 못하는 일을 주인공에게 시키지 말라고. 근데, 반역하고 싶다. 내가 못하는 일을, 주인공은 하게 하고 싶다. 왜 우린 작품에서까지 비극을 맞이해야 할까.
연출	오케이. 오늘은 이렇게 하자고. 자, 그리고. 오늘 작가님도 오셨거든. 그러니까 한 작가 한 마디만 부탁해요.
작가	아, 네. 잘 부탁드려요. 근데요. 오늘 내용 좀 바꿔 봐도 될까요?

모두 다 놀라는 연출, 남자배우1, 여자배우1, 조연출, 남자배우4, 남자배우5.

| 작가 | 농담입니다. |

사람들의 웃음.

연출   한 작가 아주 농담이, 아주 멋져. (작가에게만 들리게) 입봉작
부터 막 내리는줄 알았네.

과거의 사람들 퇴장한다.

작가   농담처럼 들렸겠지만, 극의 내용을 바꿔보고 싶었다. 그
목숨 걸 거면 빨리 걸어서, 자기 사람 다 지키라고. 늦게
걸지 말고. 스승님한테 배운 시나리오의 법칙을 깨고 싶
었다. 결국 난 삶에서도 극 속에서도 지키고 싶었던 사람
들을 지키지 못했다. (사이) 진짜 기적이 일어났다면….

노란 텐트가 철거되는 소리가 들리며, 인부들 등장.

인부   자, 자. 다들 조심하고. 마지막입니다. 기둥부터 **뺄게요.** 하
나, 둘.

인부들   셋.

'와그르르' 텐트 무너지는 소리가 들린다.
그 모습을 보는 작가.

작가   정말 기적이 일어났다면….

인부들 퇴장.

작가, 지나치려다가 갑자기 멈춰선다.

작가   그렇게 지나갈 것 같았던 그 일은, 3년 정도 지났을 무렵,
어느새 내 삶에 가까이 다가왔다. 당시 난 청소년 베스트
셀러소설을 청소년들에게 낭독공연으로 소개해주는 일을
했었다.

이때 울리는 핸드폰 진동음.

작가, 전화 받으면

작가   네. 여보세요.

무대의 어느 한 공간에서 담당선생 등장하며

담당선생   안녕하세요. 작가님. 양 선생입니다.

작가   이분은 내가 작가로 막 등단했을 때, 내 작품을 청소년들
에게 소개해주는 문학콘서트의 총연출을 맡으셨던 분이
다. (사이) 선생님. 안녕하세요. 잘 지내셨어요?

담당선생   저야 뭐 항상 똑같죠. 그나저나 요즘도 바쁘신가요?

작가   저도 뭐 항상 비슷합니다.

담당선생   아이고, 그럼 이번 일은 힘들겠네요, 이거 페이도 별로 안
되는데.

담당선생, 민망한 듯 사람 좋게 웃는다.

그 민망함에 같이 웃는 작가.

작가 이 선생님의 웃음소리에 나도 모르게 덩달아 웃으며 하겠다고 했다.

담당선생, 작가 앞에 나타나서 책을 건네주며

담당선생 한 번 읽어봐요. 남쪽 바다의 그 일로부터 남겨진 사람들의 이야기인데요. 으음, 뭔가 애잔합니다. (사이) 그래서 이번엔 낭독공연을 할 건데요. 경기도에 있는 고등학교에서 진행됩니다. 그럼 잘 부탁드릴게요.

작가 네.

담당선생 퇴장.

작가 난 이 책을 읽어본 후, 낭독공연을 만드는 작업에 착수했다.

작가, 어딘가로 전화를 걸자

남자배우2 오! 한 작가! 죽었는지 알았는데, 살아있었네. 잘 지냈어? 나야 뭐 잘 지내지. 일도 많지. 엄청 많지. 숨도 못 쉴 만큼

많지. 근데, 왜? 공연이야?

여자배우2 안 잊었지. 콜백이 조금 늦은 것뿐이야. 근데 무슨 일로 전화했어? (사이) 아, 그래? (사이) 나 비싼데 한 작가면 프리패스, 하이패스야. 단, 기억은 해야 하고, 잊지도 말아야 하고. 잊을 만하면 억지로라도 생각해야 하고. 그래도 잊으면 죽어. 알지? 각오가 됐으면 마음으로 도장 찍어.

작가 감사합니다! (사이) 그리고 어느새 공연날이 다가왔다.

남자배우2, 여자배우2 공연 의상을 입으며

남자배우2 한작가. 진짜 그 일이 있던 학교 근처에서 공연을 하게 되니까 마음이 참 이상하다.

여자배우2 맞아. 나도 그래. 내가 해봤던 무대 중에서 제일 떨리는 것 같아.

남자배우2 아, 선배님도 그래요? 나도 그런데.

작가 아니, 베테랑 선배님들께서 그러면 전 어떡합니까.

남자배우2 그러게. 하하.

덩달아 웃는 남자배우2 그리고 작가.

작가 실은 나도 떨렸다. 이번만큼은 이상하게. 더 떨렸다.

담당선생 자, 청소년문학콘서트 정독잼독. 청소년이 선정한 소설 1위, 그럼 작품의 명장면을 만나보겠습니다. 힘내라 박수

부탁드릴게요.

무대. 공연 극중극으로 전환되며
울려 퍼지는 바닷물 소리.
쓸쓸히 바닷가로 나오는 남자배우2.
잠시 후
남자배우2, 주머니에서 무언가를 꺼내어 보자.

무대 다른 공간에서 등장하는 여자배우2.

여자배우2 자, 선물.
남자배우2 잠깐만. 이건 당신 부적이라며?
여자배우2 그러니까 주는 거지. 지금 내가 가지고 있는 물건 중에 가
장 소중한 거야.

여자배우2 떠나간다. 그 모습을 잡고 싶지만 잡지 못하는 남자배
우2.
여자배우2가 시야에서 사라지자.
바닷물 소리가 가득 울려 퍼진다.

남자배우2 당신이 이걸 내게 주지 않고 갖고 있었더라면 구조될 수
있었을까… 그때 끝까지 거절할걸. 그랬어야만 했어. 내
가 이걸 받지만 않았어도 당신이 저 차가운 물속에서 아

직까지 나오지 못하고 있지는 않았을 거야. 그래, 알아. 제자들을 두고 나올 수 없었겠지. 하지만 우리 주호는? 주호가 열 살이 되면 여러 나라 가보고 싶다고 했잖아. (사이) 나, 소원 같은 거 믿지 않아. 부적 같은 거에 소원 비는 것도 안 믿어. 절대. 그런데 그래도 하나만 바란다면… 하나만 바란다면. 내가 바라는 건 하나밖에 없어. 부적이 당신에게 닿길. 부디. 부적아! 제발 가줘. 제발!

박수소리가 울려 퍼진다.
작가, 그 박수소리를 먹먹하게 바라본다.

작가 이상했다, 박수 소리와는 달리 마음은 먹먹했다. 그래서 공연을 마치자마자, 배에 탔던 아이들의 흔적이 담긴 곳에 가봤다.

바닷물 소리가 들린다.

작가 (사이) 여기에는 그 배에서 미처 나오지 못했던 아이들의 일상사진이 가득 걸려있었다. 그리고 여러 응원의 메시지 역시 붙여져 있었다. 정말 포스트잇이 가득했다….

여자배우2 한 작가. 한 작가!

작가 네, 왜요?

여자배우2 이거. 이 사진 봐봐.

작가, 여자배우2가 가리킨 사진을 본다.

그 사진을 보자 멈칫하는 작가.

작가 　내가 본 사진은 연극티켓을 들고 친구랑 찍은 여학생의 사진이었다. 근데 익숙한 연극티켓이었다.

남자배우2 　'타임리프'네. 한 작가가 그 당시 때 나 빼고 공연했던 거.

작가 　말도 안 돼….

여자배우2 　이거 봐봐. (프린트된 포스팅된 사진의 글귀를 읽으며) 여긴 또 이런 게 적혀 있네. '오늘 생애 최초 연극 봤다.'

여학생 　'아뵤. 앞으로 연극 많이 봐야지. 근데 결말이 남주가 여주를 못 구해서 아쉬웠다, 그냥 시간이동하지.' 그래서 작가님 블로그를 찾아 '다른 결말 버전도 만들어주세요.' 쪽지 보냈다. 답 오길 기다려야징.

남자배우2 　한 작가 괜찮아?

여학생, 무대 한 공간에서 등장하며

여학생 　수학여행 전날, 쪽지가 왔다. 〈타임리프〉 작가님이다! '공연중이라 작품의 결말은 바꿀 수 없다'고 하셨다…쳇, 내일이 마지막 공연날인데 바꿔주면 수학여행 안 가고 극장 가려고 했는데. 대신 내가 생애 최초 첫 쪽지를 보낸 관객이라 다음에 해피엔딩의 연극을 쓸 때 초대하겠다고 했다. 아뵤! 나 팬1호 됐다.

남자배우2 괜찮은 거야?

작가 괜찮을 리가… 없었다. 하아….

작가의 한숨에 남자배우2, 여자배우2 퇴장.

작가 안타깝게 떠난 그 아이가 생애 처음이자 마지막으로 본 연극이… 내가 그 당시 공연했던 연극이었다니. 마음이 더 쓰렸다. 그 작품 〈타임리프〉 때도 결말을 바꿨다면. 기적이 일어나는 이야기를 보여줬다면… 미안해… 작품에서도 못 구해줘서.

무대에서 바닷물 소리 울려 퍼지며

작가 그 일이 있고 난 뒤부터… 모든 것이 가깝게 느껴졌다. 그리고… 내가 이 상황에 빠지게 되니까… 진짜 쓰고 싶은 '글'이 생긴 것 같다. 지금처럼.

7장. 소녀가 떠올리는 소녀

찢은 노트종이들을 책상 앞에 펼쳐둔 채 마치 프로파일러처럼 보고 있는 작가.

소녀 근데요, 아까 연출님과 얘기한 작품에서 등장한 남자 눈 찌른 소녀랑 저는 다른 인물인 거죠?

작가 그럼 다른 인물이지.

소녀 근데 왜 같은 이름을 써요?

작가 어떤 이름?

소녀 소녀요.

작가 소녀가 이름이냐? 소녀가 소녀지.

소녀 그럼 같이 소녀를 상징하는 거네요. 그래서 저를 계속 꺼내두는 거예요?

작가 엄밀히 말하자면, 꺼내둔 게 아니라 네가 나온 거잖아.

소녀 맞아요. 내가 나왔어요. 근데 어떻게 들어가는지 나와 본 적이 처음이라 들어가는 방법도 모르겠어요.

작가, 소녀의 말에 무언가 생각이 걸린 듯 잠시 멈춰있더니

소녀 저기요, 저기.

작가, 생각해보니 할 말을 잃는다.

작가 ….

소녀 말했잖아요. 꺼낼 때 책임감 갖고 꺼내라고. 안 그러면 진짜 영혼이 깃든다고.

작가 진짜 깃든 거야? 아니면 내가 미친 거야?

소녀	세상이 미쳤다고 할 때는 언제고요?
작가	너, 진짜 내 배역이야?
소녀	글쎄요, 작가님 말투를 빌리자면, '엄밀히 말해' 영혼이 배역에 깃든 거 아닐까요?
작가	영혼이 깃든다고? 그럼….
소녀	저는 누구예요?
작가	(가만히 보다가) 몰라, 이미지는 그 무릉도원인 것 같은데, 잘 모르겠어… 근데 확실한 건 발표된 작품들의 배역은 아니야.
소녀	역시 그냥 잔상들인가요?

작가, 소녀의 말을 무시하고
다시, 소재들이 담긴 노트들을 본다.
무엇인가 떠올리려고 하는 듯하다가

소녀	근데 왜 이렇게 급해요?
작가	시간이 없다고.
소녀	무슨 시간요?
작가	있어, 그런 게.
소녀	그래서 아까 그 눈을 찌른 소녀는 어떻게 되는데요?
작가	차라리 눈을 찌르지 말고, 목을 찔렀어야 해.
소녀	어떻게 어린아이가 그럴 수가 있어요?
작가	그러지 않아서, 아니, 그렇게 하지 못해서.

책상에 붙어있던 노트종이 중 하나를 떼어서 소녀에게 보여주는 작가.

이때, -치지지지직- 다시 라디오 주파수 잡히는 소리 들리면,

소리　　지난 14일 무죄로 판명된 이 양이 행방불명되어 일주일 만에 싸늘한 시신이 되어 나타났습니다. 범인은, 전에 이 양을 납치했지만 무죄를 선고 받았던 동네주민인 걸로 밝혀졌습니다.

다시, -치지지지직- 하는 라디오 주파수 잡히는 소리 들리면 꺼지는 라디오 소리.

소녀　　이것도 설마 실화예요?… 아니에요?

이때 '똑똑똑' 노크 소리 들리면

작가　　네. 들어오세요.

문 열리면 들어오는 남자배우1.

작가　　어, 규민아. 들어와.
남자배우1　　형, 오랜만이야. 아직도 여긴 여전하네. 작업실인지 방인지 모르겠어.

작가	지금은 둘 다. 그래도 지금은 여기가 괜찮지?
남자배우1	제일 안전하지. 이 시국에. 미희도 같이 보기로 한 거 아니 었어?
작가	조금 늦는대.

작가, 맥주를 꺼내 상 앞에 놓으며

작가	그보다 어떻게 지냈어?
남자배우1	뭐, 그냥 알바하고. 연극하고. 알바하고. 뭐 가끔 노가다도 뛰고. 그렇지. 형은?
작가	나도 비슷해.
남자배우1	강의는 계속하고?
작가	그만뒀어.
남자배우1	왜?
작가	집중하고 싶은 일이 있어서.
남자배우1	뭐 그래도 공연 많이 하잖아. 일도 많은 것 같고. 형은 걱 정 없지.
작가	걱정 없는 사람이 어디 있냐.
남자배우1	에이, 형은 우리에 비하면 걱정 없지. 작가잖아.
작가	야, 작가가 진짜 불쌍한 거야. 항상 혼자잖아. 묵묵히.
남자배우1	그런 사람이 우리 단체를 해산했어?
작가	대표는 작가보다 더 혼자야. 제작하지, 기획하지, 책임지 지. 그런데도 욕 먹지. 그런데도 웃어야 하지. 그런데도 사

	람 챙겨야 하지! 그리고 또 본업까지 작가니까, 더 미치지.
남자배우1	그럼 말을 하지, 난 뭐 마음이 편했나? 나도 형만 계속 부담하는 것도 마음이 걸리긴 했어.
작가	아무튼 그때 잘 정리해서 우리가 이렇게 얼굴도 볼 수 있는 거 아냐? 밖에서 같이 작업하기도 하고.
남자배우1	됐다, 이제 와서 말해서 뭐하냐, (사이) 그래서 무슨 일이야? 내가 보자보자 했어도 항상 못 봤잖아.

이때, 여자배우1(미희) 들어오는데, 작가랑 남자배우1은 눈치 못 챈다.

작가	너 나랑 연극할래? 다음 달에. 내가 작, 연출, 제작이야.

잠깐의 침묵.

남자배우1	뭐?

놀라는 남자배우1의 표정.
이 말을 듣고 돌아서 나가려는 여자배우1(미희).
그러던 이때, 작가와 눈이 마주친다.
반가워하는 서로간의 호흡.
그리고 서로간의 웃음이 교차 되는 사이,
잽싸게 나가려는 여자배우1.

남자배우1   야, 너도 해야 돼!

무대 날카롭게 어두워진다.

8장. 잔상 연습

대본을 읽으며 연기하고 있는 여자배우1.
남자배우1, 여자배우1을 관에 데리고 가는 이미지를 몸짓으로 표현한다.

여자배우1   끼이이이이이이익,
관이 열리는 소리가 들린다.
대체 무슨 관에 들어가려고 이리 살았나.
웃고 울며 목 놓아 소리쳤던 무대는
관객들의 상상 속에 있길 바라지만
어둠 속에 비치는 내 모습은
이미 관에 있다.

이내 읽다가 이해가 안 되는 듯

여자배우1   작가님. 이거, 이건 어떤 장면이에요?
남자배우1   맞아, 형! 이거 진짜 뭐야? 형이 쓴 거 맞아?

여자배우1   진짜 작가님이 쓴 거예요?

작가   응.

남자배우1   형 원래 이런 스타일 아니잖아.

여자배우1   그러니까요.

작가   중요한 건 그게 아니라, 어때?

남자배우1   아… 엄청 모호한데.

여자배우1   상징적인 건가요?

작가   그렇게 우린 연습을 시작했다.

조연출과 남자배우2, 여자배우2 등장하며, 서로 인사하는 모습이 펼쳐진다.

마치 십여 년 만에 만난 동지처럼 남자배우1, 여자배우1, 남자배우2, 여자배우2의 반가워하는 모습.

작가   확정되었던 제작사도 없어졌고. 최근까지 작업했던 극단도 아닌, 예전에 한솥밥을 먹던 식구들과 이 작품을 시작하게 된 것이다. 10년 만에 처음으로 다시 돌아간 것 같은 느낌,

남자배우1   근데 이거 형식이 뭔지 모르겠어요. 무슨 연결도 안 되는 에피소드가 이렇게 많아요. 시, 소설, 수필 모든 장르가 다 있는 것 같아. 진짜 형식이 뭐야? 형. 아니, 연출님.

작가   형식, 그거 나야.

여자배우1   작가님이 형식이라고요?

| 작가 | 응. 내 머릿속에 남아있는 모든 잔상들이 공존하는 세계. 그게 이 작품의 형식이야. |

정적. 다들 주변의 분위기를 살피며 가장 연장자인 여자배우2를 바라본다.

남자배우2	선배님은 좀 알겠어요?
여자배우2	음, 얘기할 시간이 좀 더 필요할 듯한데.
여자배우1	그러게요. 이 정도면 진짜 테이블연습이 더 길면 좋을 것 같아요.
남자배우1	맞아, 연출님. 조금 더 준비를 하는 건 어때요?
작가	시간이 없다니까요.
남자배우1	(답답하다 못 해) 형. 원래 이런 스타일 아니었잖아. 기본 '십' 고 쓰고 연습 들어가는 양반이 왜 이렇게 변했대.
여자배우1	맞아요. 그리고 결말 장면은 왜 없어요?
작가	이유가 있어.
여자배우1	혹시 지원금 받은 거 올해 안에 다 써야 되거나 그런 거예요?
남자배우1	형, 진짜 그것 때문에 이렇게 급하게 가는 거야?
작가	그런 거면 이 정도로 열악하게 하겠냐.

남자배우1, 여자배우1, 그저 웃는다.
남자배우2도 웃는다. 하지만, 여자배우2는 그 말에 작가를 안쓰럽

게 바라본다.

소녀　근데 정말 결말 장면은 왜 없는 거예요?

작가　그건, 그건… (사이) 확신이 없었기 때문이다. 결말을 낸다는 것은 이야기를 맺는다는 것인데 이 극은 잔상의 극이다. 그렇기 때문에 '잔상'은 '잔상'대로 남아있고 펼쳐져 있는 게 더 가치가 있지 않을까 생각했다.

남자배우1　뛰는 소녀, 남쪽 바다, 빨간잠바소녀, 관, 인터뷰, 이거 에피소드 별로 전환하는 것도 관건이다.

여자배우1　뭐 그때처럼 반복연습해야죠.

남자배우1　아, '타임리프'때?

여자배우1　네. 그땐 우리 진짜 말도 안 되는 전환을 말이 되게 했었잖아요.

남자배우1　전환을 네가 했냐. 나랑 정문과 승호가 다 했지. 이참에 걔네들이나 부를까.

작가　이들을 보니, 더 이상 다른 제작사나 극단을 구하는 것보다, 차라리 내가 해보기로 한 것이 잘한 결정이라는 생각이 들었다. 더 이상 미팅을 할 시간조차 내겐 허락되지 않았기 때문이다.

남자배우2　자, 우리끼리 한 번 다시 반복해봅시다. 이럴 땐 움직여봐야 해. 선배님, 어서 들어와요.

여자배우2　아이고,

남자배우1, 2, 여자배우1, 2, 조연출 퇴장.

작가   또, 구관이 명관이라는 말이 진짜구나하는 생각도 들었다. 덕분에 40대 중반이 되어서 또 한 번 전 재산을 털고 작가가 연출도 하고, 제작도 하고 그냥 다 하게 되었는데 이것 또한 묘한 재미가 있었다. 처음 연극을 할 때 역시 지금과 같았으니까.

소녀, 등장하며

소녀   (작가노트를 보다가 이 대목을 발견하며) 처음 쓴 이야기는 어떤 거였어요? 거기서도 내가 나왔나요? 나 같은 인물이?

작가   처음 쓴 이야기… 그것도 이 작품에 넣을까 고민중이긴 한데 이유는 그 이야기는 장르가 희곡이 아닌 소설이었기 때문이다. 그 글은 내 인생의 최초의 일탈이었다. (사이) 어릴 적 우리 집은 할아버지의 기와집에 살았다.

이때, 대문 열리는 소리 들리면
여자배우1(남자아이 역), 등장하며, 마당을 쓴다.
신문배달부 아저씨, 우체부 아저씨의, 우유배달부 아저씨, 세탁소 아저씨가 차례대로 등장하 여 신문, 우편, 우유, 옷을 남자아이가 받는다. 그 순간, 못 보던 손님들이 들어오자 여자배우1 **(남자아이 역)** (어린아이 목소리로) 할아버지! 마당에 있는 방에 손님들이 왔어요.

남자배우3 등장하며

남자배우3 **(할아버지 역)** (할아버지 목소리로) 손님들이 아니고 오늘부터 세 들어 살게 될 분들이야.

작가 이때였다. 이사 온 아저씨의 늠름한 등에 업혀 솜사탕처럼 포개어 자고 있는 아이의 모습이 눈에 들어왔다.

여자배우1 **(남자아이 역)** (어린남자아이 목소리로) 예쁘다,

여자배우1, 여자아이역을 본다.

남자배우3 **(여자아이 역)** (기지개를 피며 잠에서 깨듯) 아… (여자배우1을 보자) 어라,

작가 눈이 마주치자 고개를 돌렸다. 아니, 돌릴 수밖에 없었다. 왠지 내 눈길이 닿으면,

남자배우1 **(청년작가 역)** 그 깨끗하고 행복해 보이는 얼굴에 때가 탈 것 같은 생각이 들었기 때문이다.

그러자 작가, 자신의 기억 속에서 빠져나와
연출로서 이들의 극중극을 이끌 듯 지켜본다.

남자배우1 그날부터 유치원에 다녀오고 나면 그 날 있었던 하루 일과를 혼잣말처럼 떠들고 다녔다. 조금이라도 그 아이에게 관심을 받고 싶어서였는지 모를 철없는 행동이었지만, 그 아이는 항상 내 얘기에 귀를 열어젖힌 채 미소로 답해주었다.

여자배우3 (여자아이 역) 유치원 얘기 또 듣고 싶다.

여자배우1 (남자아이 역) (어린남자아이 목소리로) 내일 또 해줄게.

여자배우3 (여자아이 역) 정말?

여자배우1 (남자아이 역) (어린남자아이 목소리로) 그럼. 계속. 맨날 해줄 건데.

여자배우3 (여자아이 역) 진짜 맨날?

여자배우1 (남자아이 역) (어린남자아이 목소리로) 응. 약속,

여자배우3 (여자아이 역) 약속,

여자배우3(여자아이 역) 퇴장.

여자배우1(남자아이), 여자배우3(여자아이)이 나가는 뒷모습에 눈 떼지 못하고 계속 지켜본다.

남자배우1 나중에 알게 된 사실이지만, 그 아이의 집 사정은 그 당시에 유치원에 보내줄 형편이 도저히 안 되었던 모양이다. 그래서 내 얘기에 더욱 관심을 보였는지도 모른다. 하루는 마당에서 우두커니 그 아이의 방문을 바라보고 있었다.

이때, 울음소리 들린다.

여자배우3 **(여자아이 역)** (울며) 으… 으아아앙.

여자배우1(남자아이), 여자배우3(여자아이) 울음소리가 들리는 곳
으로 천천히 움직인다.
그러다가 울고 있는 여자배우3을 보자 시선이 멈추며 온몸이 부
들부들 떨린다.
이때, 등장하는 남자배우2(40대), 여자배우2(40대)
둘 다 잔뜩 취해 있으며 신경질이 가득한 상태다.

남자배우2 그런 걸 나한테 왜 얘기해. 진짜 내가 나가 죽는 꼴 한 번
보고 싶어?

여자배우2 그놈의 죽는다는 말 좀 그만해. 그 말 때문에 무슨 얘기를
못하겠어. 그래서 어떻게 할 건데? 앞으로 어떻게 할 건데?

남자배우2 너 한 번만 더 얘기해봐. 진짜 그럼 다 죽어.

여자배우2 그래, 죽자. 어디 다 죽자. 그래! 죽어!

남자배우1 아이의 울음소리를 잠식시킬 만큼 너 죽고 나 죽자는 식
의 말다툼이 끝까지 이어졌다. 내 눈이 감기는 그 순간
까지.

아침을 상징하는 환한 조명 들어오자
남자배우1, 유치원에서 돌아온 마냥 마당으로 등장.

남자배우1 다음 날, 유치원에서 돌아온 나는 마당에서 공기놀이를 하고 있는 그 아이를 볼 수 있었다. 어제와는 달리 해맑게 웃고 있었다.

여자배우3 (여자아이 역) 같이 할래?

여자배우1 (남자아이 역) 공기놀이?

여자배우3 (여자아이 역) 응.

여자배우1 (남자아이 역) 그래. 난 근데 바보공기를 더 잘 하는데.

여자배우3 (여자아이 역) 바보공기 그게 뭐야?

남자배우1 언제나 아저씨, 아주머니는 밤에 들어오시느라 그 아이가 혼자서도 용케 시간을 보내는 것이 대단해 보였다. 하지만 어떨 때는 힘이 없어 보이는, 혹은 심심해서 어쩔 줄 몰라 하는 그 아이의 모습이 눈에 들어올 때마다 마음이 아파왔다. 이날도 역시나였다. 혼자서 노니는 모습에 무언가라도 아주 조그마한 위로라도 해주고 싶었는지 신사라도 되는 마냥 아이의 손을 낚아챘다.

여자배우1 (남자아이 역) 가자.

여자배우3 (여자아이 역) 어디?

여자배우1 (남자아이 역) 유치원.

여자배우3 (여자아이 역) 안 돼. 혼나.

남자배우1 그 아이의 안 된다는 말이 왜 나에게는 된다는 말처럼 들렸을까. 그 당시에는 할아버지께서 내 부탁이면 무엇이든 다 들어주셨다. 내가 태어난 이후로 온 집안이 밝아졌다고 하셔서 그랬는지 난 무작정 그 아이를 대동하고 할아 버지 앞에 대면했다.

여자배우1 **(남자아이 역)** 할아버지. 나 애랑 유치원 갔다 올래요. 같이 좀 데려가 줘요.

남자배우3 **(할아버지)** (고민 끝에) 그래! 가자.

유치원을 향하는 할아버지(남자배우3), 남자아이(여자배우1), 여자 아이(여자배우3).

남자배우1 유치원에서 온갖 꽃들을 구경하고, 시소를 타며 웃어대느 라 정신없었다. (사이) 어쩌면 난 그 순간에도 억지로 웃는 연기를 했었던 것 같다. 조금이라도 그 아이가 밝게 웃는 모습을 보고 싶었기 때문이다.

집 앞에 도착하자 여자아이(여자배우3)와 헤어지는 남자아이(여 자배우1), 시무룩해진 손자의 얼굴을 보자 할아버지(남자배우3)가 남자아이(여자배우1)를 잡는다.

남자배우3 **(할아버지 역)** 그 친구와 유치원 함께 다니고 싶니?

여자배우1 **(남자아이 역)** 네!

남자배우1 그러자 머릿속 세계는 당장 내일부터 그 아이와 유치원에 함께 다닐 수 있겠거니 하며 다가올 즐거운 나날을 스케 치하고 있었다. 그도 그럴 것이 할아버지 손을 잡고 같이

집에 들어왔을 때 그 아이는,

여자배우3 (여자아이 역) 나도 유치원 보내달라고 말할 거야.

남자배우1 라며 환한 미소를 지었기 때문이다.

작가 자, 오늘도 여기까지. 모두 고생했습니다.

조연출 고생하셨습니다.

다들 무대로 나온다.

남자배우2 와, 오랜만에 소리 지르니까 엄청 머리 아프네, 선배님은 괜찮아요?

여자배우2 나야 뭐 괜찮지. 한 작가 작품은 항상 무거워.

남자배우2 이번에는 좀 새로워서 가벼울 줄 알았는데 의외로 힘들죠?

여자배우2 더 힘든 것 같아.

배우들 다 모이자

작가 오늘 새로 합류한 배우님들도 너무 멋졌습니다. 문제없겠는데요.

남자배우2 (남자배우3에게) 완전 노역전문배우야, 아주 멋졌어.

남자배우3 감사합니다,

남자배우2 (여자배우3에게) 막내도 오늘 아주 멋졌어. 에너지가 와우,

여자배우3 감사합니다.

여자배우2 (여자배우3, 남자배우3에게) 둘 다 한 작가 제자?

여자배우3 · 남자배우3 네.

여자배우2 힘들었겠네.

작가 자, 이제 공연까지 열흘도 안 남았거든요. 그러니까 컨디
션 관리 잘 하시고요. 그럼 내일 봅시다.

여자배우2 먼저 갈게요. 다들 건강 잘 챙기고.

남자배우2 네. 들어가세요. 선배님.

남자배우1 네. 들어가세요.

남자배우3 다들 고생하셨습니다.

여자배우1 내일 뵙겠습니다.

여자배우3 저, 저도 내일 뵙겠습니다.

배우들, 스태프 다 퇴장,

작가 혼자 남는다.

그러더니 잠시 고민에 빠지다가 다시 노트를 펼친다.

다음 날 연습을 준비하듯

무대를 보며 동선을 시뮬레이션하듯 손으로 훑어보다가

노트에 적혀 있는 글을 확인할 겸 읽어본다

작가 하지만, 그 날 밤 그 집에서 또 다시 싸우는 소리가 들렸
다. 그 날 밤의 소리는 그칠 줄 몰랐다. 더욱 커져만 갔다.

다시, 무대에 울리는 어린아이 울음소리

어린아이 울음소리가 절정까지 이어지다가 멎자

마치 폐허가 된 듯 공허만이 무대에 남는다.

작가　다음 날이 되었을 때….

그리고 그 공허를 보듯 등장하는 남자배우1

남자배우1　다음 날이 되었을 때, 그 아이의 가족은 모두 사라져버렸다. 나는, 언젠가 돌아오겠지 하고 기다렸지만,

남자배우4, 남자배우5 등장

남자배우4　여기 안상호 씨 집 맞제?

남자배우5, 고개 끄덕이자

남자배우4　문 따라.

남자배우5 집 문을 따자,
남자배우4,5, 문으로 들어가며 퇴장

남자배우1　나중에 알게 된 사실이지만, 그 아이의 가족은 온갖 빚더미에 시달려 야반도주를 한 것이었다. 그리고 결국은 돌아설 곳이 없어지자 세 가족이 동반자살했다는 소문이 나

돌았다. (사이) 그때는 누군가가 죽는다는 것이 피부로 느껴지지 않아서인지 실감할 수가 없었지만, 세월이 흐르면서 그 기억은 족쇄처럼 나의 모든 것을 결박시키고 있었는지 모른다. 자신이 낳았다고 그 생명마저 거둘 권리가 있는가. 꿈속에서 꿈을 먹고 자라나야 하는 아이들에게 재앙 같은 현실을 보여준 그들의 얼굴은, 평생 기억 속에서 지울 수가 없다. 아니 되려 용서할 수 없다. 지금은 이런 생각을 해본다.

여자배우1(남자아이 역) 여자배우3(여자아이 역)을 찾으러 나오지만, 아무도 없다.

남자배우1 어쩌면, 그 아이에게 있어 유치원이라는 것은 생을 뒤바꿀 수 있는 일탈의 범주가 아니었을까. 그렇다면 혹시, 그날의 야반도주도 유치원에 보내달라는 어린아이의 바람에서 시작된 것이 아닐까 하는 생각이 든다. 충분히 가능한 일이다. 영웅은 가난할수록 세상을 통찰할 수 있지만, 인간은 가난할수록 눈이 멀기 때문이다… 내 생의 첫 일탈은 구원받지 못한 생명의 마지막 희망만을 남긴 채 눈을 감았다. 단 한 번 그 순백의 미소를 보인 아이는 어쩌면 내 첫사랑이었는지도 모른다.

여자배우3(여자아이 역), 고요하게 나타나며 여자배우1(남자아이 역)을 멀리서나마 바라본다.

여자배우1(남자아이 역), 여자배우3(여자아이 역)을 보자 잡으려 하지만 여자배우3(여자아이 역) 뒤돌아나간다.

결국 잡지 못하고 그저 바라만 보는 여자배우1(남자아이 역).

그런 여자배우1(남자아이 역)의 모습을 보는 남자배우1(청년작가 역).

남자배우1(청년작가 역), 공허함을 마음 가득 느끼듯 깊이 숨을 내쉰다.

그러자 작가, 연습을 끝까지 마친 듯 박수를 친다.

작가　　　오케이! 좋아요.

그러자 서로 박수를 치며 나오는 배우들

남자배우2　와우. 호흡 좋던데. 독한 놈이야.

여자배우2　그 많은 대사를, 어떻게 하루 만에 외웠대. 진짜 독한 놈.

남자배우2　그러게요, 술이나 좀 그렇게 마시지. 맨날 도망가고. 지 필요할 때만 술먹자 하고 진짜 독한 놈이야.

남자배우1　아, 저요?

남자배우2　(말 돌리며 여자배우3,남자배우3에게) 막내들도 고생했어요. (남자배우,4,5를 뒤늦게 보고) 아, 승호, 정문도 고생했어. 에너지 좋던데!

남자배우5	감사합니다. 선배님.
남자배우4	제가 더 감사합니다. 선배님!
작가	자, 자, 모여주세요.

배우들, 스태프들 전부 작가 앞에 모이자

작가	이제 마지막 피드백입니다. 제가 연습을 시작했을 때부터 지금까지 말하는 건 딱 하나입니다, 바로 리듬과 템포입니다. 다른 이야기로 보이는 이 이야기들이 하나로 보이게 만드는 것이 이 작품의 승패라고 봅니다. 그러니까 극장에서도 끝까지 리듬과 템포에 신경 써주시기 바랍니다.
배우들	네.
작가	지난 6주간 연습 너무 고생하셨고요, 내일부터 극장 들어가니까 이 연습실도 오늘로 안녕이니만큼 기념사진 찍고 마무리 할까요?
배우들	네.
작가	자, 좋아요. 그럼….

이때, 조연출 다급히 뛰어들어오며

조연출	저, 연출님. 극장에 확진자 떴대요. 지금 뉴스 나오고 난리도 아니에요.
작가	뭐?

동상처럼 굳어버리는 사람들.

9장. 시간이 없다는 것

작가, 홀로만 존재하는 열린 공간.

작가   그렇게 올라갈 것 같았던 이 공연은, 공연 삼일 전날 취소되었다. 모두 다 꾸역꾸역 버티고 모든 시간과 노력을 이 말도 안 되는 작품에 갈아 넣었으나, 상황은 더욱 심해져만 갔고. 기약 없는 공연취소 역시도 이어졌다. 기약 없는 공연 취소는… 그칠 줄 몰랐고, 나한테 남은 시간 역시 사라져 갔다….

사이렌 소리 울려 퍼지자, 심장박동 소리 울려 퍼지며 무중력 상태에 빠지는 작가.

작가   시간이 없다, 이 말만 반복적으로 하고 살았다. 그런데 정말 시간이 없게 되자 시간이 있다는 것이 얼마나 소중한 것인지 느꼈다. 나는 진짜 시간이… 없었다.

작가, 사라진다.

의사 혹시 보호자 되시나요? 수술이 시급하다고 계속 말씀드렸는데, 수술 날짜를 환자분께서 아직까지 안 잡고 있습니다.

남자배우1 보호자는 아니지만… (고민하다가 여자배우1에게) 너 형 부모님 혹시 알아?

여자배우1 아뇨. 한 번도 얘기 못 들었는데요. 어떡하죠.

남자배우2 혹시 지금 어떤 상태인 거죠?

의사 암입니다. 반년 전에 코 안 쪽에 작은 종양이 발견되었어요.

여자배우2 (놀라며) 네? 반년 전에요?

의사 근데 이게 종양 위치가 굉장히 위험한 게 눈, 귀, 뇌까지 신경이 이어져 있다는 거예요. 그래서 수술이 잘 되면 문제가 없는데 잘못되면 그 자리에서 즉사할 수도 있어요. 또 수술이 잘 돼도, 만에 하나 뇌손상이 생기면 정상적인 두뇌활동은 힘들어질 수도 있습니다. 중요한 건 **빨리** 결정을 하는 게 좋을 것 같아요. 수술 성공확률도 있거든요. 근데 이대로 방치하면 1년을 버티기는 힘들 겁니다. 그러니까 환자분 깨어나면 보호자분과 연락해서 수술에 대한 것을 빨리 결정해줘요. 더 늦어지면, 수술을 하고 싶어도 못하는 지경이 됩니다.

의사 퇴장.

생각이 정리되지 않은 듯 남자배우1,

갑자기 울컥 울음이 터져 나오는 듯하더니 구석으로 간다.

그러자 남자배우가 걱정되는지 따라가는 여자배우1,

그제야 여자배우2도 울음이 조금씩 터져 나온다.

이 광경을 보며 어찌할지를 모르는 남자배우2.

남자배우2　서, 선배님. 괜찮으세요?

여자배우2　지, 진짜 전생에 뭘 했다고, 가족 같은 애들이! 왜… 계속 이러냐.

남자배우1　진짜 형 너무한 거 아냐, 이거 다 알면서 판 벌린 거 아냐.

여자배우1　사정이 있었겠죠.

남자배우1　무슨 놈의 사정. 진짜 왜 우리에게 이런 걸 보여주는데.

그러자 그들의 말을 듣고 남자배우1에게 가는 여자배우2.

여자배우2　좀 보여주면 안 돼?

여자배우1　선배님, 규민 선배 말은,

여자배우2　변명 좀 하지마. 오죽 병들었으면, 이리 됐겠냐. 네들 이럴까봐 아픈 거 어떻게든 안 보여주려고 꼭꼭 감추다가 지금 알게 된 거 아냐.

남자배우2　에이, 서, 선배님… 좋게, 좋게 가요.

여자배우2　넌 좀 가만히 있어. 맨날 좋은 게 좋다 그러지 좀 말고. 그것도 병이야. 동료라는 것들이 뭔 일 있어도 받아줄 생각을 해야지, 그러니까 예전에 극단이 무너졌지, 근데 그때

극단 무너졌으면, 이제 좀 철들 때 되지 않았냐. 또 무너질
라고? 그래, 무너져라. 무너져. 또 무너지라고. 아주 불쌍
해 죽겠다.

여자배우2, 퇴장한다.

남자배우2 아이, 저 선배님, 진짜 왜 그런데냐. 내가 잘 달래고 올 테
니까. 네들도 마음 추슬러.

여자배우1 네….

남자배우1 죄송해요.

남자배우2 뭐가 죄송해? 그럴 수도 있는 거지.

남자배우1 … 네.

그러자 남자배우2, 여자배우2를 향해 퇴장.
반성하는 듯, 쓸쓸하게 나가는 남자배우1, 그런 그가 걱정되어 뒤
따라 나가는 여자배우1
공허의 공간만이 비쳐진다.

10장. 만나러 가다

심장박동 소리 다시 울려 퍼지며
정신없이 쓰는 소리, 무대에 울려 퍼진다.

이 소리들이 충돌되자, 공허의 세계에 소환되듯 나타나는 작가.

작가   "작가는 리밋타임을 지키는 것이 생명이야!" 항상 이야기를 쓸 때, 이 말을 목숨처럼 지켰는데, 나한테 진짜 '리밋타임'이라는 것이 생겨버리니 정신이 이상해졌다. 왜 나한테… (사이) 처음엔 수술을 할지 말지 고민을 했다. 하지만 내가 지금껏 경험한 것은 '기적은 현실에서 일어나지 않는다'는 것이었다. 만에 하나 수술이 잘 돼도 앞으로 글을 못 쓸 확률이 생길 수 있으니, 머릿속이 복잡해졌다. 그때부터였다. 진짜 종양이 뇌까지 번진 건가 하는 생각이 들었다. 내 작품 속 등장인물이 나에게 나타난 것이었다. 그건 바로….

소녀   나였다.

작가   아직 밖으로 나오지 않은….

소녀   난 누구예요? 정말 궁금해서 그래요.

작가   ….

소녀   그 무릉도원 인물인 것 같기도 하면서 내가 누구인지 기억이 잘 안 나요. 파편적으로만 기억이 나요.

작가   작가에게는 완성되지 못한 무수히 많은 소재노트, 인물노트가 있다. 내가 이것을 썼었나 생각이 들 정도로 기록된 내용을 봐야지만 기억이 나는 것이 있다. 마치 잔상처럼.

바람소리, 작가, 무대 위에 고스란히 일상을 살아가는 잔상과 흡사

한 등장인물들을 보며,

이 등장인물들은 작가가 자신과 다른 공간에 있는 남자배우, 여자배우, 의사 등등의 인물들을 보는 것으로 표현된다.

작가 근데 어느 순간부터 내 작품의 인물들의 소리가 환청처럼 들리기 시작했다. 소재노트, 아니 잔상노트에 불과한 인물이었기에 원한이 작가인 나에게 있는지도 모른다는 생각이 들었다. 그런데 다른 인물들은 환청처럼 소리로만 들렸다가 사라지는데, 유독 내 앞에 모습을 나타내고 제대로 말을 건 인물은 저 아이뿐이었다.

소녀 나요, 내가 진짜 누구인지 알고 싶어요. 사람의 가장 본질적인 고민은 '나는 누구일까'란 고민이라고 작가님이 작품에 썼잖아요. 그게 지금 풀리지가 않으니 다른 어떤 것도 할 수가 없어요.

작가 나도 알고 싶어. 네가 누군지. 근데 정말… 잘 모르겠어.

소녀 그러니까 배역을 함부로 쓰면 안 된다고 했잖아요.

작가 그만, (사이) 진짜 잔상들에 불과했던 배역들에게 뇌가 먹혀버린 것 같다. 근데 그런 생각이 들었다. 배역들에게 뇌가 먹혀버렸다면, 그래서 내가 리밋타임을 살아가는 존재가 되었다면, 그래서 배역들이 망령처럼 나타난다면 나도 그들을 구해주고 싶다고 생각했다. 현실에서는 기적이 일어나지 않더라도 내 세계에서는 기적을 일으키고 싶었다. 내가 작가니까! 그래서 써봤다. 리밋타임 안에 펼치고 싶은 단 하나의 작품을, 작가인 나에게 반역을 하는 작품을!
그래서 잔상 정도에 불과했던 인물노트의 조각들을 모두
수집하였다. 그 조각들을 펼쳐놓고 보니, 무언가 공통점이
있었다. 그것은 바로….

소녀 나죠?

작가 어….

소녀 나는 누구예요?

작가 현실에서 봤던 인물… 내가 구하고 싶었던 인물들?

소녀 구하고 싶던 인물이요?

작가 이 작품의 시작점! (깨달은 듯) 맞아. 네가 이 작품의 시작점
이었어. 무릉도원의 너만 달랐어. 이야기가. 너만 사라져
가는 잔상으로 남게 하지 않았어. 너만 결말을 바꿨어.

소녀 … 저,

저…

.

..

…

…………………

소녀, 기억들이 파편처럼 박히듯 마구마구 겹치며
과거 사람들의 소리가 무대의 이곳저곳에서 마구잡이로 들려온다.

소리1(광대) 신내림이야.

소리2(광대) 무서워할 필요 없어. 운명이야.

소리3(광대) 울지 마. 무당은 울면 안 되는 존재야.

소리4(광대) 받아들여. 넌 이 전통을 이을 유일한 존재니까.

그러다가
갑자기 무대 어느 공간에 소녀의 아버지가 등장하자 그를 보고 소
스라치게 놀라는 소녀.
그리고 무언가를 깨달은 듯, 객석 전면을 응시하며

소녀 나, …

기억났어요.

난 작가님의 배역이 아니에요!

작가 뭐라고?

소녀 난 그 배역의… 진짜 영혼이에요.

작가, 소스라치게 놀라며

작가 말도 안 돼….

소녀 난, 그날 밤, 혼백들과 싸웠어요.

소녀의 아버지, 소녀에게 '탈'을 건네준다.
기억 속 광대선생들도 혼백처럼 등장한다.

소녀 내가 신내림 받았다며 광대굿을 전수 받아야 한다고 했는데, 난 그게 너무 싫었어요. 아버지는 어머니가 돌아가실 때도 아랑곳하지 않고 굿하느라 정신없었거든요. 일제강점기 때 없어질 뻔했던 것을 할아버지가 버티고 버텨서 전통을 이었던 거라고 하는데, 그 전통을 왜 저까지 이어야 하는지 몰랐어요. 그리고 난 그 굿을 하면 무서운 혼백들이 보였어요. 그들은 다 저의 목을 조르는 것 같았어요. 그게 너무 무서웠어요. 견딜 수 없을 정도로요. 그날만큼은 못 버틸 것 같아 겨우 빠져나왔는데, 마을 어른들에게 들키는 바람에 다시 끌려갔어요. 그리고 또 광대굿을 했죠.

기억 속 소녀의 아버지.
장단을 치며 악기소리 고요하게 울려 퍼진다.
소녀, 탈을 쓰고자 탈을 바라본다.

소녀 근데요… 그날 밤, 다시 탈을 쓰는데, 그 탈에서 모든 기억들이 겹쳐 보이는 거예요. 어머니도요, 그래서 이 탈을 벗으려 했는데, 수많은 망령들까지 제 앞에 나타났어요. 그 때라도 탈을 벗었어야 했는데, 벗었어야 했는데, 그 순간!

작가 그대로 쓰러졌지. '심적 부담에 의한 쇼크사'

소녀, 탈을 떨어뜨린다.

탈이 떨어지는 소리에 기억 속 소녀의 아버지 퇴장, 광대선생들
퇴장.

소녀　　맞아요… 그래서 작품에 그 장면을 담은 거군요. '뛰는 소
　　　　녀, 이제 시작이야.'
작가　　한 번만 시원하게 네가 살고 싶은 대로 살았다면… 하는
　　　　바람으로.
　　　　진짜 그런 기적이 일어나기를 바라는 마음으로. 써본 거야.

정적이 인다.

소녀　　근데 왜 저만 결말을 바꿨던 거예요?
작가　　그… 그건… (사이) 너는 내가 구할 수 있던 아이니까.
소녀　　(놀라며) … 네?
작가　　넌 나한테 직접적으로 손짓했거든.

　　　　　　.

　　　　　　..

　　　　　　…

　　　　　……………………

소녀　　(기억이 나듯) 맞아요… 잡아 달라고. 아버지가 데리고 가는
　　　　걸, 잡아달라고. 아저씨에게 손짓했어요.
작가　　미안해… 그때 말려주지 못해서.
소녀　　아뇨, 지금이라도 구해줘서 고마워요. 그리고 태어날 수

없던 인물을 이렇게 연극에서나마 태어나게 해줘서, 더 고마워요.

작가　아냐, 아직 태어나지 못했는데 뭘. 결말도 못 졌고.

그 순간, 소녀 무언가 깨닫더니

소녀　근데 왜 결말을 못 져요?

작가　그… 그건 잔상이니까… 기록된 것들이니까.

소녀　나는 잔상인데도 작가님이 원하는 결말이 들어가 있었잖아요. 혹시 알아요? 작가님이 작가님의 작품 속에 원하는 결말을 적으면, 그 영혼들이 저처럼 작가님을 찾아올지….

작가　하지만, 그들은 환청으로만 들릴 뿐, 내 앞에 나타나지 않았어.

소녀　제가 그걸 가능하게 할 수 있어요.

작가　네가? 어떻게?

소녀　말했잖아요. 전 신내림 받았다고. 그러니까, 제가 있다면, 그 영혼들을 불러올 수 있어요.

작가　하지만… 내가 원하는 건… 내가 진짜 원하는 건….

소녀　(작가의 어느 노트를 펼치며) 결말을 낸다는 것은 이야기를 맺는다는 것인데 이 극은 잔상의 극이다. 그렇기 때문에 '잔상'은 '잔상'대로 남아있고 펼쳐져 있는 게 더 가치가 있지 않을까 생각했다. 지금도 그렇게 생각해요? 이걸 진짜 원하는 거예요?

작가 아냐. … 내가 원하는 건 이들을 다 구하는 극이야. 잔상으로만 남는 것이 아닌, 진짜 구하는 거.

소녀 진짜 구하는 거예요. 할 수 있잖아요.

작가 어떻게?

소녀 나처럼요.

작가 (깨달은 듯) 그래…

……

…………… 바꾸는 거야.

그러던 이때, 소녀 작가에게 손을 내민다.

작가 시큰둥해하다가

작가 뭐야… 이거?

소녀 가죠. 바꾸러.

작가 뭘?

소녀 아무래도 안 되겠어요. 다 구하죠. 세상이 못 구한 사람들을. 우선 그 어릴 적 소녀부터 만나러 가야겠어요. 작가님 첫사랑,

작가 그게 말이 돼? 어떻게 그래?

소녀 작가노트에서는 뭐든 가능하잖아요. 작가님이 쓰면, 분명 저처럼 그 영혼도 근처에 맴돌 거예요. 그럼 제가 불러올게요, 제가 찾아줄게요. 제가 그 영혼의 친구가 되어줄게요.

작가 할 수 있을까?

소녀 전 신내림 받은 무당이에요. 작가님께서 저한테 했듯이, '글'로 연결만 해준다면. 분명히. 제가 다 만나게 해드릴 수 있어요.

작가 아….

소녀 시공간을 허무는 극을 지금부터 써보는 거예요. 예전부터 '탈'놀이는 그 어떤 시대든 상관없이 '탈'만 쓰면 그 시대로 이동하거든요. 그러니까 여기서 탈을 쓰는 거예요. 과거로 가는 탈을.

작가 아… 그럼….

소녀 한 작가의 일곱 살 시절로 가보죠.

소녀, '탈'을 작가에게 준다.

소녀 자, 작가님의 일곱 살 얼굴 탈이라고 믿어봐요.

작가, 탈을 쓴다.

소녀 자, 이제 써봐요. 어서요. 갈 수 있어요. 그 시절로. 구해보죠. 저처럼.

소녀, 굿을 하듯 춤을 추기 시작한다.
그러자 작가, 용기를 얻고 글을 쓰기 시작한다.
작가가 노트에 적는 글의 내용에 따라 무대도 차츰 변하기 시작한다.

작가   1985년, 무대 깜빡이며 천천히 밝아진다.

작가가 노트에 글을 적자, 여자아이(여자배우3)와 남자아이(여자
배우1)가 등장한다.
이것은 마치 과거의 사람들의 등장이지만, 배우들이 연습하는 모
습의 극중극처럼 중이적으 로 표현된다.

작가   우물 속을 바라보는 여자아이,
방에서 부모들이 싸우는 소리가 들려도 귀를 막듯 우물
속을 바라본다.
그것을 우물 반대편에서 보고 있는 남자아이.
여자아이는 결국 방으로 들어간다.
그러자 어쩔 수 없이 자신의 방으로 돌아가는 남자아이.
그러던 이때, 여자아이가 짐을 싼 부모의 손에 끌려 나
온다.
부모가 여자아이를 데리고 대문 밖으로 나가는 순간!

여자배우1   (남자아이) 안 돼.

그리고 작가, 노트에 적힌 세계가 눈앞에 그려진 것을 확인한다.

작가	남자아이는 목 놓아 소리친다.
여자배우1	**(남자아이)** 안 돼, 가지 마!
작가	그러자 자고 있던 동네 사람들 모두 깨어나고 대문 밖으로 나온다.

더 이상 걸음을 내딛지 못하는 부모들.

여자아이, 마당으로 나온 사람들을 보자 마치 구원을 얻은 듯한 표정이 올라온다.

그러자 진짜 '여자아이의 영혼'이 무대의 한곳에 등장한다.

그 여자아이의 영혼과 마주 보는 소녀.

소녀, 여자아이의 영혼 곁으로 가서 버팀목이 되어준다.

소녀, 그 여자아이의 영혼에게 보라는 듯 이 무대에 펼쳐지는 광경에 손짓한다.

여자아이, 평생 바랐던 모든 위로를 얻은 듯한 표정이 올라온다.

그러자 소녀, 여자아이 영혼의 손을 잡더니, 작가를 보라고 손짓한다.

여자아이의 영혼, 작가를 본다.

작가도 여자아이의 영혼을 본다.

작가	여자아이의 순백의 미소 속에 무대 몽환적으로 밝아지더니 천천히 막이 내린다.

작가의 말처럼 전환되는 무대

그리고 퇴장하는 배우들, 무대에는 작가와 소녀, 여자아이의 영혼

만이 남는다.

작가, 여자아이의 영혼을 맞이하며

여자아이의 영혼 고… 고마워요… 정말.

작가 나 역시 고마워. 진짜 나타나줘서. 나 그때, (울컥하며) 진짜
내가 널 구했어야 했어. 그러지 못해서 이렇게 됐잖아. 나
너랑 하고 싶은 것이 너무 많았어. 진짜 유치원도 가고. 소
풍도 가고. 김밥도 같이 먹고. 그냥 그러고 싶었어. 미안
해… 이제야 널 찾아서. 이제야 널 만나러 와서.

여자아이의 영혼 (작가가 기억이 난 듯) 바보. 울지 마. 난 지금도 좋은데.
이렇게라도 찾아줘서. (소녀에게) 언니도 그렇지 않아요?

소녀 맞아요, 이렇게라도 나타나서. 고마운걸요. 그리고 내가
언니가 아니고, 언니가 저의 언니예요. 언니는 1979년생,
난 2000년생이니까요.

여자아이의 영혼 아, 맞아요! 난 1979년생 양띠입니다.

그러자 여자아이의 영혼과 소녀, 한참을 웃는다. 한참을 웃은 후

여자아이의 영혼 난 이제 가볼게. (소녀에게) 넌 안 가?

소녀 난, 아직 할 일이 있어.

여자아이의 영혼 그럼 먼저 갈게. (작가에게) 고마워. 정말.

작가　　… 응. 평생을 내가 위로할 거야. 내가 기억할 거야.

여자아이의 영혼 손짓 인사하더니 점차적으로 멀어지다가 퇴장
한다.

소녀　　바꿨네요… 거봐요. 할 수 있다고 했잖아요.

작가　　그래….

소녀　　고생했어요.

작가　　아직 멀었어.

소녀　　네?

작가　　모든 결말을 바꾸겠어… 적어도 내 세계에서만큼은, 기적
　　　　　은 일어날 수 있어. (소녀에게) 그러니까 넌 지금처럼 모두
　　　　　불러와 줄 수 있겠어?

소녀, 작가의 말에 놀란다.

소녀　　그럼요. 무한히 탈을 써보죠.

작가, 소녀의 말에 마음이 동한 듯 웃는다.
소녀도 따라 웃는다.
　한참동안.

그리고 작가, 소녀의 말에 용기를 얻어 결심한 듯 노트를 펼친다.

작가, 소녀, 이제 '마지막 판'을 준비하듯 서로 눈을 마주친다.
작가, 소녀 서로에게 힘을 주듯

소녀   (들릴 듯 말 듯) 화이팅,

작가   (들릴 듯 말 듯) 파이팅….

작가, 글을 쓰려는 찰나,
파편처럼 등장하는 현실의 사람들.

남자배우2 아니, 죽다 살아나서 제일 먼저 한 일이 노트에 글 쓴 거야?
여자배우1 안 돼요, 작가님, 수술부터 받아야죠.
남자배우1 형 일어난 지 반나절도 안 됐어. 몸부터 챙겨, 무슨 공연이야?
여자배우2 공연을 올려야 수술 받겠다잖아. 지가 결정한 거야. 얘 고집 몰라?
연출   야 이놈아. 은혜 갚으러 왔다, 너 이제 나한테 빚진 거야.

작가, 아랑곳하지 않고 글을 쓴다.
모두 퇴장하는 현실의 사람들.
심장박동 소리가 무대에 가득 울려 퍼진다.
마침내 작가 글을 다 쓴 듯 펜을 내려놓으면,
작가, 무대와 객석 빈 공간을 본다.

마치 태초의 우주를 보듯,

작가   하우스 오픈합니다. 고….

무대 날카롭게 어두워진다.

11장. 무대

〈타임리프〉의 극이 막이 올라가며
남자배우4,5 막을 열며

남자배우5   이제 시간 다 됐습니다. 모두 나와주십쇼.
남자배우4   자, 이 음악의 주인이 누구인지 누가 진짜 이 음악의 작곡
가인 인지 진실을 밝혀봅시다.

여자배우1 다급히 등장.
남자배우1, 여자배우를 뒤따라서 등장하며

남자배우1   **(타임리퍼)** 너지? 네가 이 음악의 주인이지?

여자배우1, 남자배우1의 말에 멈춰 서고는 천천히 그를 본다.

여자배우1 **(세기의 작곡가)** 제가 말하면 진실을 밝혀줄 수 있나요?

남자배우1, 결심한 듯 여자배우1에게 다가간다.

남자배우1 **(타임리퍼)** 응. 모두 다. (사이) 네가… 이 음악의 주인이지?

여자배우1, 고개를 끄덕인다.

남자배우1 **(타임리퍼)** 마지막 남은 단 한 번의 시간여행. 가자….

여자배우1, 울컥하며 고개를 숙인다.
남자배우1, 안심하라는 듯 여자배우1을 다독여준다.
남자배우1, 여자배우1에게 저 멀리 있는 곳을 보라는 듯 손짓한다.
여자배우1, 남자배우1이 가리키는 곳을 바라보며

남자배우1 **(타임리퍼)** 모든 걸 바꾸는 거야.

남자배우1, 여자배우1 마치 시간 이동을 하듯, 그곳으로 걸어간다.
남자배우1, 여자배우1 퇴장.

무대. 공허해지더니 무대 한 공간 밝아지면
공허한 공간 속에 묵묵히 서 있는 '여자배우3(빨간잠바소녀배역)'

여자배우3 **(빨간잠바소녀)** 기도했다.

문을 두들길 사람이 날 구해줄 사람이기를…

하지만, 소리만으로도 알 수 있었다.

문을 두들긴 사람은 그 사람인 걸….

그리고 빨간잠바소녀(여자배우3)에게 다가오는 '그'의 어두운 그림자.

그림자가 점점 더 커지자

빨간잠바소녀(여자배우3), 도망가듯 구석진 곳으로 간다.

하지만 그림자는 더욱 커져 무대를 가득 채우고,

빨간잠바소녀(여자배우3)이 있는 곳까지 채워버린다.

빨간잠바소녀(여자배우3), '그'의 그림자에게 잠식당할까봐

두려움이 절정까지 올라 고개를 숙이는 이때,

어디선가 울리는 사이렌 소리, 그리고 북소리.

천천히 하얀 섬광이 무대에 가득 채워진다.

그리고 백색의 길이 열리며 남자배우1(타임리퍼), 여자배우1(세기의 작곡가) 등장

그러자 여자배우1(세기의 작곡가), 여자배우3(빨간잠바소녀)에게 손을 내민다.

여자배우1 **(세기의 작곡가)** (빨.잠 소녀에게 손을 내밀며) 이제 괜찮아.

여자배우3(빨간잠바소녀), 여자배우1의 손을 잡자 미소가 올라온다. 어두운 그림자는 차츰 옅어지며 환해진다.

그 모습을 보며 등장하는 '빨간잠바소녀의 영혼'과 소녀

소녀　　(빨간잠바소녀의 영혼에게) 이제 괜찮아.

빨간잠바소녀의 영혼, 위로를 받은 듯 눈물을 흘린다.

소녀　　가자, 언니가 이제 지켜줄게.

소녀, '빨간잠바소녀의 영혼'에게 손을 내민다.
빨간잠바소녀의 영혼, 소녀의 손을 잡는다.

여자배우1　가자, 언니가 이제 지켜줄게.

여자배우1(세기의 작곡가)을 따라 환해진 길로 걸어가는 여자배우3(빨간잠바소녀)
그리고 소녀를 안내에 따라 환해질 길로 가는 **빨간잠바소녀의 영혼.**

여자배우1, 여자배우3, 빨간잠바소녀의 영혼 환해진 길로 퇴장하고,
소녀 혼자 남으면, 차가운 바닷물 소리가 들린다.

그리고, 바닷물소리가 무대를 가득 채운다.

소녀, 굿을 하듯 손을 뻗친다.

웅성웅성거리는 청소년들의 소리가 들리며, 여학생 등장

영혼1   나 그 날 기억 나.

영혼2   기다리라고 했어. 어른들이.

영혼3   그냥 잠자코 기다리라고 했어.

소녀, 탈을 쓰더니 굿을 하듯 천천히 춤을 춘다.

영혼1   그렇게 가기 싫었던 수학여행, 기왕 온 거 재미있는 일이
라도 생겼음 좋겠다.

영혼2   나 이번 수학여행 끝나면 고백할 거야. 꼭.

영혼3   엄마랑 싸우고 와서 뭔가 찝찝해.

영혼4   내년엔 고3이다. 끔찍해. 내년이 안 왔으면.

이때, '쿵' 소리 들리더니

영혼5   쿵 소리 났어.

영혼6   기울어졌어.

영혼7   누나, 배가 이상해.

영혼8   더 기우는데.

영혼9   별일 없을 거야. 엄마.

영혼10	여보, 아무 일 없을 거니까 걱정 마.
영혼11	누나. 사랑해.
영혼12	김 대리, 자네 늘 열심히 했던 거 알아. 고마워!
영혼13	살려줘.
영혼14	살 건데 뭔 소리야. 그런 말 하지 마.
영혼15	엄마 정말 미안해. 사랑해. 정말!
영혼16	얘들아, 내가 진짜 잘못한 거 있으면 다 용서해줘, 제발.

바닷물 소리 급격하게 세지는 찰나!

그리고,

무언가…

흔들리는 조짐에

영혼들 놀라는 찰나!

무대의 어느 다른 시공간에서,

미친 듯이 글을 쓰고 있는 작가의 모습이 비춰지며.

작가 # 그만!

모든 것이 정지되며

그러면서 부적을 들고 등장하는 남자배우2.

그리고 미친 듯이 글을 쓰는 작가의 이미지.

남자배우2   그만! (기도하며) 부적아, 모두에게 닿기를! 제발 가줘, (부적을 던지며) 제발!

그러자 소녀의 아버지, 부적을 들고 등장하여, 주술(제의)을 펼친다.

아버지   (소녀의 아버지) 받았다. 기적의 부적. '인과율'을 넘어서는, '기적의 바람'을 불게 하소서!

남자배우3   (영적 광대) 인과율, 인과율, 인과율, 인과율을 깨부숴!

그러던 이때, 파도 소리가 밀려들어오는 찰나!

남자배우3   (영적 광대) 거대한 파도가 밀려온다!

작가   파도를 멈춰라.

이때, 남자배우4(검황), 용처럼 등장하여 허공으로 한 합 휘두르자 파도소리가 잠재워진다.

남자배우4   (검황) 바다를 가르는 칼. 검황. 유경이오. (영혼들에게) 바다 쯤이야 한 합에 가르니 다들 걱정 붙들어 매라고.

그러나 이때, 철이 구부러지는 듯한 배가 기울어지는 소리가 들리자,

남자배우3 **(영적광대)** 하지만, 배가 기울어지고 있다, 시간을 멈출 수 있
다면!

작가 시간을 멈춰라.

이 순간, 등장하여 용처럼 날아올라 칼을 휘두르는 남자배우5

남자배우5 **(무신)** 시간을 베는 칼. 무신. 김통정이외다!

시간이 정지되듯, 배가 기울어지는 소리도 멈춘다.

남자배우4 **(검황)** 말도 안 돼. 시간이 멈췄어….

남자배우5 **(무신)** 나 무신 김통정이외다. 네들을 건드는 게 바다든 뭐
든지 간에 눈에 보이는 것이라면 죄다 베어줄 테니까 이
아저씨만 믿으라고!

그러나 쾅하고 멈춰있던 시간이 깨지는 소리가 들리자,
이번에는 더 급격한, 참아왔던 기류소리가 들린다.

남자배우4 **(검황)** 진짜 오는군.

남자배우5 **(무신)** 쫄지 마. 무인에게 패배란 싸움을 포기했을 때다.

기류소리가 덮치는 찰나,
불이 나는 듯한, 소리도 울려 퍼지자

남자배우3　**(영적 광대)** 거대한 폭풍이 몰려온다!

작가　시간을 돌려라!

이때, 불안한 마음을 정화시켜주는 행복한 오르골 소리가 들린다.
그러자 또 놀라는 남자배우4,5
남자배우1,여자배우1 등장

남자배우1　**(타임리퍼)** 불안해 할 필요 없어. (여자배우을 가리키며) 여긴, 온 세상의 불안한 마음을 정화시켜주는 작곡가니까.

여자배우1　**(세기의 작곡가)** 내가 할 수 있는 건, 잠깐의 위로뿐. 아저씨만이 이 모든 걸 할 수 있어요.

남자배우1　**(타임리퍼)** 그래, 기왕 시작한 시간여행, 모두 다 구해보자고. 여기 있는 모든 사람들을 다 데리고 갈게. 그 어떤 사고조차 일어나지 않을 그 날로.

여자배우3　**(빨간잠바소녀)** 얘들아, 걱정 마. 나도 이 아저씨와 언니가 구해줬어

남자배우1　**(타임리퍼)** 자, 진짜 간다!

남자배우4　**(검황)** 바다든 뭐든 겁내지 마!

남자배우5　**(무신)** 반드시 지켜줄게!

모두　우리가 있으니까!

남자배우1(타임리퍼), 주문을 건 듯. '길'이 열린다.

남자배우1   (**타임리퍼**) 이제 나가는 거야.

여자배우1   (**세기의 작곡가**) 모두 저만 믿고 따라와요.

영혼들, 여자배우1이 손짓하는 곳으로 퇴장한다.

작가   사람들, 모두 그들이 손짓한 곳으로 퇴장한다. 그리고…
무대에 따뜻한 색감이 드리운다.

마지막으로 남아있던 여학생.
여학생에게는 작가가 가서, 이곳을 나가라고 손짓한다.
그러자 용기를 갖고 나가는 여학생
그 여학생의 뒷모습을 보는 작가.

작가   '전원 생존'… 그들은 무사히 집으로 돌아갔다… 평범한
일상으로. 여기에서만큼은 너희들이 원했던 내일이 있어.

그리고 바닷물 소리도 없어지며 무대 어두워진다.

소녀   진짜 구했네요… 대단해요.

작가, 소녀를 보자 미소를 짓는 찰나
'털썩' 의식을 잃은 듯 쓰러진다.
그리고 공연이 끝나는 박수소리와 함께

울려 퍼지는 사이렌 소리.

종장

무대의 어느 공간.
현실과는 거리가 먼 미지의 세계, 고독한 외딴곳
−꺼어어억− 소리 들리자
작가, 그 소리에 일어난다.

작가 꺼어어어어억,
관이 닫히는 소리가 들린다.
고작 여기를 들어오려고 이리 살았나.
연극 같은 인생을 살았어야 했는데
인생을 연극을 모시며 살았다.
빨리 잠이 들자, 잠이 들자.
아무것도 느끼지 않도록 잠이 들자.

무대 관이 닫히듯 점차적으로 어두워진다.
그러던 이때, 환한 빛이 들어온다.

작가 눈이 뜨겁다.
내 눈을 뜨겁게 하는 빛이 느껴진다.

눈을 살며시 떠보니
내 잠을 깨운 세상은 바로,

눈을 뜨고 세상을 보는 작가

작가 아, 이곳은 무대라는 관이구나

눈이 내리는 무대
'소녀'가 무대에 나타난다.
작가, 소녀와 마주본다.
작가, 소녀를 보며 영감을 느끼듯 독백을 창작하듯 입으로 뱉는다.

작가 붉은 발자국 위에 하얀 소녀
금방 녹아버릴 것 같은 얼음
그 위에 살포시 서리만이 내려앉는다.
하얗게 뒤덮인 땅 위에 붉은 발자국…
그리고 투명한 눈동자…
눈을 떴을 때는 아무것도 없었다.
하지만 분명 보았다.
웃지 않던 하얀 소녀의 미소를.

소녀, 작가를 향해 미소 짓는다.
너무도 행복한 모습으로 소녀를 보는 작가.

그리고 떠나는 소녀

소녀가 사라지자, 작가도 자신의 길(관)로 걸어간다.

그러던 이때, 작가가 구했던 '모든 영혼'들이 등장하여 작가를 부른다.

작가, 그 영혼들을 본다. 감격에 겨워 눈물이 흐르는 찰나.

관이 열리는 소리가 들리며 백색의 섬광이 무대에 가득 채워진다.

작가 자신이 구한 영혼들을 보자 만족한 듯 미소를 짓고는 관으로 들어간다.

그리고, 고요하고도 고요한 백지의 세계에 서 있는 작가

작가   (사이) 자, 모두 준비하세요.

이제부터 시작입니다.

진짜 기적을. 시작합시다.

모두 준비되면…

고.

막이 내린다.

막.

작의

동시대 사라져가는 아픈 기억들, 사라지는 게 맞는 것인가.

본인이 〈작가노트, 사라져가는 잔상들〉을 창작하겠다고 생각한 것은, 3년 전이다. 창작자로서 과거의 시대사 아픔들이 나의 일로 들어왔을 때, 달라졌던 '나'를 발견했다. 그렇기 때문에 이 작품을 창작하면서 고민했던 것은 내가, '동시대를 살고 있는 예술가로서 할 수 있는 것은 무엇일까'라는 점이었다. 그래서 예술가로서 '시대 속 사라져가는 아픔'을 연극이 갖는 제의적 의미로, '진혼'을 하고 싶다고 생각했다. 연극은 시대와 시대를 잇는 것이며, 작품으로 미래에 더 나은 가치를 전달해주는 징검다리의 역할을 해야 한다고 생각했다. 그래서 본 작품을 창작하기로 결심했으며, 동시대의 사라져가는 아픔들과 나와의 연결고리를 찾는 작업에 집중했다. 그 모든 아픔을 나로서 진실하게 느끼는 것이 동시대 연극 작업의 핵심이라고 보았기 때문이다. 어쩌면 '동시대성'이라는 것은 동시대의 일들에 '공감하는 것'으로부터 시작하는 것이 아닐까 생각한다.

그렇다면 이것이 오늘날 필요한 기적은 아닐까?

주변에서 일어나는 그 어떠한 아픈 사건들도 시간이 지나면, 무색해지리만큼 잊힌다. 사람들은 현재라는 일상을 살아가기 때문이다.

그렇지만 각자마다 잊지 말아야 할 아픔들이 있다고 생각한다. 그 아픔을 잊어서, 또 비슷한 일들이 생겼을 때 동일한 아픔을 맞게 된다면 그것은 비극 중의 비극이다. '역사를 잊은 민족에게 내일은 없다'라는 말이 있는 것처럼, '기억하는 것'만으로도 작은 기적을 불러일으킬 수 있다고 생각한다. 기억은 행동으로 이어질 씨앗이기 때문이다. 그리하여, 〈작가노트, 사라져가는 잔상들〉은 '작가판타지서사'라는 독특한 장르의 극으로 이러한 '작은 기적'을 보여주는 작품이다.

그리고 이 '작은 기적'은 누구나가 할 수 있는 것이다. 어쩌면 동시대에 필요한 '기적'은 영웅이 이뤄내는 큰 기적이 아니라, 누구나가 할 수 있는 기억하는 것으로부터, 공감하는 것으로 생겨나는 '작은 기적'이 아닐까 생각한다. 〈작가노트, 사라져가는 잔상들〉에서 보여주는 '작은 기적'의 이야기로부터, 동시대에 작은 기적들이 조금씩 생기길 바란다. 이것이 〈작가노트, 사라져가는 잔상들〉이 동시대에 공연되는 의미다.

〈작가노트, 사라져가는 잔상들〉 공연 연보
2022년 3월 4일　대한민국연극제 서울대회 (한성아트홀 1관)
2022년 7월 14일　제40회 대한민국연극제 (밀양아리랑아트센터 대극장)
2023년 3월 3일-12일　대학로예술극장 소극장 공연

〈작가노트, 사라져가는 잔상들〉 수상이력
2022 대한민국연극제 서울대회 대상, 연기상 수상
2022 제40회 대한민국연극제 은상, 희곡상 수상

한국 희곡 명작선 155

작가노트, 사라져가는 잔상들

초판 1쇄 인쇄일   2023년 11월 20일
초판 1쇄 발행일   2023년 11월 29일

지 은 이   한민규
만 든 이   이정옥
만 든 곳   평민사
　　　　　서울시 은평구 수색로 340 〈202호〉
　　　　　전화 : 02) 375-8571 / 팩스 : 02) 375-8573
　　　　　http://blog.naver.com/pyung1976
　　　　　이메일   pyung1976@naver.com
등록번호   25100-2015-000102호
ISBN   978-89-7115-125-9   04800
　　　　　978-89-7115-663-6   (set)
정   가   9,500원

이 책은 사단법인 한국극작가협회가 한국문화예술위원회의 2023년 제6회 극작엑스포
지원금을 받아 출간하였습니다.

한국 희곡 명작선